L. FRANK BAUM

O MARAVILHOSO MÁGICO DE OZ

L. FRANK BAUM

O MARAVILHOSO MÁGICO DE OZ

amaVier
São Paulo, 2023

O Maravilhoso Mágico de Oz
The Wonderful Wizard of Oz

EDITOR: Luiz Vasconcelos
ASSISTENTES EDITORIAIS: Fernanda Felix e Felipe Mennucci
TRADUÇÃO: Paula Renata Guerra
PREPARAÇÃO: ELIANA MOURA MATTOS
REVISÃO: Luciene Ribeiro
DIAGRAMAÇÃO: Gabriela Maciel
ILUSTRAÇÕES E PROJETO GRÁFICO: Ian Laurindo

Dados Internacionais de Catalogação na Publicação (CIP)
Angélica Ilacqua CRB-8/7057

Baum, L. Frank (Lyman Frank), 1856-1919
O maravilhoso mágico de Oz / Frank L. Baum ; tradução de Paula Renata Guerra; ilustrações de Ian Laurindo.
-- Barueri, SP : Novo Século Editora, 2023.
224 p. : il., color.

ISBN 978-65-5401-002-3
Título original: The Wonderful Wizard of Oz

1. Literatura infantojuvenil norte-americana I. Título II. Guerra, Paula Renata III. Laurindo, Ian

23-2298 CDD 028.5

Índices para catálogo sistemático:

1. Literatura infantojuvenil norte-americana

TEL: (11) 95960-0153 - WHATSAPP
E-MAIL: FALECONOSCO@AMOLER.COM.BR
WWW.AMOLER.COM.BR

SUMÁRIO

Este livro é dedicado à minha grande
amiga e companheira Minha esposa
L.F.B.

Introdução

Folclore, lendas, mitos e contos de fadas têm acompanhado a infância ao longo dos tempos, já que toda criança saudável tem um amor pleno e instintivo por histórias fantásticas, maravilhosas e evidentemente inverossímeis. As fadas aladas dos Grimm e de Andersen trouxeram mais felicidade aos corações infantis do que qualquer outra criação humana.

Ainda assim, o antigo conto de fadas, após servir a tantas gerações, hoje em dia pode ser classificado como "histórico" na biblioteca infantil; pois chegou a hora de uma série de novos "contos maravilhosos" nos quais o gênio, o anão e a fada estereotipados são eliminados, assim como também todos os incidentes horríveis e de gelar o sangue concebidos por seus autores para mostrar uma moral assustadora a cada conto. A educação moderna já inclui a moralidade; portanto, a criança moderna busca apenas o entretenimento em seus contos maravilhosos e dispensa de bom grado todos os acontecimentos desagradáveis.

Tendo isso em mente, a história d'*O Maravilhoso Mágico de Oz* foi escrita simplesmente para agradar às crianças de hoje. Sua intenção é ser um conto de fadas modernizado, no qual o deslumbramento e a alegria são conservados e os sofrimentos e os pesadelos são deixados de lado.

L. Frank Baum
Chicago, abril de 1900.

I.
O ciclone

Dorothy vivia no meio das grandes pradarias do Kansas, com tio Henry, que era agricultor, e tia Em, a sua esposa. A casa deles era pequena, uma vez que a madeira usada em sua construção tinha de ser carregada em carroças por muitos quilômetros. Havia quatro paredes, um chão e um teto, e este aposento tinha um fogão a lenha que parecia enferrujado, um armário para as louças, uma mesa, três ou quatro cadeiras, e as camas. Tio Henry e tia Em tinham uma cama grande em um canto, e Dorothy, uma caminha em outro canto. Não havia um sótão, e nem porão — com exceção de um pequeno buraco cavado no chão, o chamado esconderijo de ciclone, para onde a família poderia ir caso surgisse um daqueles enormes redemoinhos, poderosos o suficiente para destruir qualquer edificação em seu caminho. Podia ser acessado por um alçapão no meio do piso, do qual uma escada levava até um buraco estreito e escuro.

Quando Dorothy ficava na entrada e olhava em volta, podia ver apenas a grande e cinzenta pradaria por todos os lados. Nenhuma árvore e nenhuma casa rompia a vasta extensão do monótono campo que se estendia para todas as direções até onde a vista alcançava. O sol havia queimado a terra arada até transformá-la em uma massa cinzenta, com pequenas rachaduras em toda parte. Até mesmo a relva não era verde, já que o sol havia queimado as pontas das longas folhas em formato de lâmina até que elas ficassem da mesma cor cinzenta avistada por toda parte. A casa fora pintada outrora, mas o sol criara rachaduras na tinta e as chuvas a lavaram, e agora a casa era tão monótona e cinza como tudo o mais.

Quando tia Em foi morar lá, era uma jovem e linda esposa. Do mesmo modo, o sol e o vento a haviam mudado. Tinham tirado o brilho dos seus olhos, que se tornaram cinza e sérios, e o vermelho das suas bochechas e dos seus lábios, que também ficaram cinzentos. Era magra e esquálida, e não sorria mais. Quando Dorothy, que era órfã, chegou à casa pela primeira vez, tia Em ficava tão assustada com o riso da criança que gritava e levava a mão ao peito sempre que a voz alegre de Dorothy alcançava os seus ouvidos, e ficava admirada ao ver que a menina conseguia encontrar algo do que rir.

Tio Henry nunca ria. Trabalhava duro da manhã até a noite e não sabia o que era a alegria. Também era cinza, desde a sua barba longa até as suas botas grosseiras, e parecia sisudo e sério, e raramente falava.

Era Totó quem fazia Dorothy rir e que a salvara de crescer tão cinzenta quanto o seu entorno. Totó não era cinza; era um cãozinho preto, com pelos compridos e sedosos e olhinhos pretos que brilhavam alegremente em cada um dos lados do seu focinho pequenino e engraçado. Totó brincava o dia inteiro, e Dorothy brincava com ele, e o amava muito.

Naquele dia, contudo, não estavam brincando. Tio Henry estava sentado na soleira e com apreensão olhava para o céu, que estava ainda mais cinzento do que o normal. Dorothy ficou na porta com Totó nos braços e também olhava para o céu. Tia Em estava lavando a louça.

Do extremo norte, ouviram o lamento baixo do vento, e tio Henry e Dorothy podiam ver onde o capim longo se curvava como ondas antes da tempestade que estava por vir. Depois, ouviram um assobio agudo do ar que vinha do sul e, quando olharam para aquela direção, viram ondulações no capim vindo também daquela direção.

De repente, tio Henry se levantou.

– Tem um ciclone vindo, Em – disse à esposa. – Eu vou dar uma olhada nos animais. – Então correu em direção aos estábulos onde as vacas e os cavalos ficavam.

Tia Em deixou o seu trabalho de lado e foi até a porta. Bastou um olhar para saber do perigo que se aproximava.

– Rápido, Dorothy! – gritou. – Corra para o esconderijo!

Totó pulou dos braços de Dorothy e se escondeu debaixo da cama, e a menina foi pegá-lo. Tia Em, muito assustada, abriu o alçapão e desceu a escada até o esconderijo estreito e escuro. Dorothy finalmente pegou Totó e começou a ir atrás da tia. Quando estava bem no meio do aposento, o vento uivou alto, e a casa tremeu tanto que Dorothy perdeu o equilíbrio e caiu sentada com tudo no chão.

E, então, algo estranho aconteceu.

A casa rodopiou duas ou três vezes e elevou-se lentamente pelos ares, como se Dorothy estivesse a bordo de um balão voando no céu.

Os ventos do norte e do sul se encontraram onde a casa permaneceu, bem no centro do ciclone. No meio de um ciclone, o ar geralmente fica parado, mas a grande pressão do vento por todos os lados da casa a fazia se elevar cada vez mais, até estar no topo do ciclone; e ali ficou e foi levada por muitos e muitos quilômetros com a mesma facilidade com que se pode carregar uma pena.

Estava muito escuro, e o vento uivava terrivelmente a sua volta. Porém, Dorothy descobriu que se deslocava até que com certo sossego. Depois dos primeiros redemoinhos, e em uma outra vez, quando a casa se inclinou muito, ela se sentia como se estivesse sendo embalada suavemente, como um bebê em um berço.

Totó não gostou disso. Correu pelo aposento, aqui e ali, latindo alto; mas Dorothy ficou sentada bem quietinha no chão e esperou para ver o que aconteceria.

Em um certo momento, Totó chegou muito perto do alçapão aberto e caiu. A princípio, a garotinha pensou que o havia perdido. No entanto, logo viu uma das orelhas dele aparecendo de dentro do buraco, uma vez que a forte pressão do ar o estava mantendo para cima e, assim, ele não podia cair. Ela se rastejou até lá, agarrou Totó pela orelha, e o arrastou para o aposento novamente, fechando o alçapão logo depois para que mais nenhum acidente ocorresse.

Horas e horas se passaram e, lentamente, Dorothy se recuperou do susto. Porém, ela se sentia muito só, e o vento ao seu redor estava tão ruidoso que quase ficou surda. No início, ela se perguntou se seria despedaçada quando a casa caísse de novo, mas conforme as horas passavam e nada de terrível acontecia, parou de se preocupar e resolveu esperar com calma e ver o que futuro lhe traria. Por fim, engatinhou pelo chão que balançava até a sua cama, e se deitou nela; Totó a acompanhou e se deitou ao seu lado.

Apesar da trepidação da casa e do barulho do vento, Dorothy logo fechou os olhos e adormeceu profundamente.

2.
A reunião com os Munchkins

Dorothy acordou de supetão, por um impacto tão repentino e intenso que, se não estivesse deitada em uma cama macia, poderia ter se machucado. O solavanco a fez perder o fôlego e se perguntar o que poderia ter acontecido. Totó colocou seu focinho gelado no rosto dela e ganiu com desânimo. Dorothy se sentou e percebeu que a casa não estava mais se movendo, e que nem estava mais escuro, pois o sol radiante entrava pela janela, inundando o pequeno aposento. Saltou da cama e, com Totó nos seus calcanhares, correu e abriu a porta.

A garotinha deu um grito de espanto e olhou em volta, seus olhos se arregalando cada vez mais diante da paisagem espetacular que viu.

O ciclone tinha colocado a casa no chão com bastante delicadeza — para um ciclone — no meio de um campo de beleza magnífica. Havia lindos gramados verdes por toda parte, com árvores majestosas, carregadas de belas e suculentas frutas. Havia também flores esplendorosas por toda parte; pássaros com plumagem rara e brilhante cantavam e voavam entre as árvores e os arbustos. Um pouco mais adiante havia um riacho, correndo e cintilando entre as margens verdes, e murmurando com voz muito grata a uma garotinha que vivera por tanto tempo nas pradarias secas e cinzentas.

Enquanto estava parada e olhando com entusiasmo para as lindas e estranhas paisagens, percebeu que se aproximava dela um grupo formado pelas pessoas mais esquisitas que já vira na vida. Não eram tão grandes quanto os adultos com quem ela sempre estivera acostumada, mas também não eram muito pequenas. Na verdade, pareciam ter mais ou menos a mesma altura de Dorothy, que era uma criança bem crescida para a sua idade, embora fossem, ao menos na aparência, muitos anos mais velhas.

Três eram homens e uma era mulher, e todos estavam vestidos de forma curiosa. Usavam chapéus redondos e pontudos, com sininhos em volta da aba que tilintavam suavemente enquanto se movimentavam. Os chapéus dos homens eram azuis e o da mulherzinha era branco, e ela usava um vestido branco plissado. E sobre ele havia muitas estrelinhas que cintilavam como diamantes ao sol. Os homens estavam vestidos de azul, do mesmo tom que os chapéus, e calçavam botas bem lustradas com uma grande polaina azul na parte de cima do cano. Os homens, Dorothy pensou, deviam ter mais ou menos a mesma idade do tio Henry, já que dois deles tinham barbas. Mas a mulherzinha, sem dúvida alguma, era muito mais velha. O rosto dela era cheio de rugas, o seu cabelo era quase branco e ela andava com bastante dificuldade.

Quando essas pessoas se aproximaram da casa, com Dorothy em pé diante da porta, pararam e sussurraram entre si, como se estivessem com medo de avançar. Mas a velhinha dirigiu-se até Dorothy, fez uma reverência e disse, como uma voz meiga:

– Seja bem-vinda, nobre Feiticeira, à terra dos Munchkins. Ficamos imensamente gratos a você por ter matado a Bruxa Má do Leste e por ter libertado o nosso povo da servidão.

Dorothy ouviu tais palavras com espanto. O que a mulherzinha queria dizer ao chamá-la de feiticeira, e que havia matado a Bruxa Má do Leste? Dorothy era apenas uma garotinha inocente e inofensiva e que havia sido levada por um ciclone por muitos quilômetros para longe de casa; e ela nunca havia matado ninguém em toda a sua vida.

Mas a mulherzinha claramente esperava por uma resposta sua. Então Dorothy disse, sem hesitar:

– É muita gentileza de sua parte, mas deve haver algum engano. Eu não matei ninguém.

– A sua casa matou, seja como for – respondeu a velhinha rindo –, o que é a mesma coisa. Veja! – continuou, enquanto apontava para o canto da construção. – Ali estão os pés dela, ainda debaixo de um bloco de madeira.

Dorothy olhou e deu um pequeno grito de susto. De fato, bem embaixo do canto da grande viga sobre a qual a casa se sustentava, era possível avistar dois pés, calçados com sapatos prateados de bico fino.

– Ah, minha nossa! Ah, minha nossa! – Dorothy chorou, juntando as mãos, consternada. – A casa deve ter caído sobre ela. O que faremos?

– Não há nada a ser feito – disse a mulherzinha com calma.

– Mas quem era ela? – perguntou Dorothy.

– Ela era a Bruxa Má do Leste, como eu disse – respondeu a mulherzinha. – Ela manteve todos os Munchkins em regime de servidão por muitos anos, fazendo deles os seus escravos dia e noite. Agora estão todos livres, e estão muito gratos pelo favor.

– Quem são os Munchkins? – questionou Dorothy.

– São aqueles que habitam esta terra do Leste onde a Bruxa Má reinava.

– A senhora é uma Munchkin? – Dorothy perguntou.

– Não, mas sou amiga deles, apesar de viver na terra do Norte. Quando viram que a Bruxa do Leste estava morta, os Munchkins enviaram um mensageiro rápido para me avisar, e eu vim imediatamente. Eu sou a Bruxa do Norte.

– Nossa! – exclamou Dorothy. – A senhora é uma bruxa real?

– Sim, de fato – respondeu a mulherzinha. – Mas sou uma bruxa boa, e as pessoas me amam. Não sou tão poderosa como a Bruxa Má que aqui reinava, ou eu mesma teria libertado o povo.

– Mas eu sempre achei que todas as bruxas fossem más – disse a garota, que estava meio assustada por estar de frente com uma bruxa real.

– Ah, não, isso é um engano. Havia apenas quatro bruxas em toda a terra de Oz, e duas delas, aquelas que vivem no Norte e no Sul, são bruxas boas. Sei que isto é verdade, pois eu mesma sou uma delas, e não posso estar errada. Aquelas que moravam no Leste e no Oeste eram, de fato, bruxas más. Mas agora que você matou uma delas, há apenas uma Bruxa Má em toda terra de Oz – a que mora no Oeste.

– Mas – disse Dorothy, depois de pensar por um momento –, a tia Em me disse que todas as bruxas estavam mortas há muitos anos.

– Quem é tia Em? – perguntou a velhinha.

– É a minha tia que mora no Kansas, de onde eu vim.

A Bruxa do Norte pareceu pensar por um tempo, com a cabeça inclinada e fitando o chão. Em seguida, ergueu o olhar e disse:

– Não sei onde fica o Kansas, pois nunca ouvi falar dessa terra antes. Mas me diga, é um lugar civilizado?

– Ah, sim – respondeu Dorothy.

– Está explicado então. Acredito que nas terras civilizadas não há mais bruxas, nem magos, nem feiticeiras, nem mágicos. Mas a Terra de Oz nunca foi civilizada, pois estamos isolados de todo o resto do mundo. Portanto, ainda temos bruxas e mágicos entre nós.

– Quem são os mágicos? – perguntou Dorothy.

– O próprio Oz é o Grande Mágico – respondeu a Bruxa, sussurrando. – Ele é mais poderoso do que todos nós juntos. Vive na Cidade das Esmeraldas.

Dorothy ia fazer outra pergunta, mas então os Munchkins, que haviam permanecido em silêncio, gritaram e apontaram para o canto da casa onde se encontrava a Bruxa Má.

– O que foi? – perguntou a velhinha, que olhou e começou a rir.

Os pés da Bruxa morta haviam desaparecido por completo, e não havia restado nada, a não ser os sapatos prateados.

– Ela era tão velha – explicou a Bruxa do Norte –, que secou bem rápido debaixo do sol e sumiu. Mas os Sapatos Prateados são seus, e você pode usá-los. Ela se abaixou e pegou os sapatos, e depois de tirar a poeira deles os deu para Dorothy.

– A Bruxa do Leste tinha orgulho desses Sapatos Prateados – disse um dos Munchkins – e há um encanto associado a eles, mas nunca soubemos qual é.

Dorothy levou os sapatos para a casa e os colocou sobre a mesa. Depois foi até os Munchkins novamente e disse:

– Estou ansiosa para reencontrar os meus tios, pois tenho certeza de que eles vão ficar preocupados comigo. Vocês podem me ajudar a encontrar o caminho de volta?

Primeiro, os Munchkins e a Bruxa se olharam e depois para Dorothy, e então balançaram a cabeça.

– No Leste, não muito longe daqui – disse um deles –, tem um grande deserto, e ninguém jamais sobreviveu ao atravessá-lo.

– É a mesma coisa no Sul – disse outro –, pois já estive lá e vi. O Sul é a terra dos Quadlings.

– E ouvi dizer – disse o terceiro homem – que é a mesma coisa no Oeste. E aquela terra, onde os Winkies vivem, é reinado pela Bruxa Má do Oeste, que faz todos aqueles que passam por ela serem seus escravos.

– O Norte é o meu lar – disse a velha –, e na fronteira de lá tem o mesmo grande deserto que circunda a Terra de Oz. Infelizmente, querida, que acho você terá de viver conosco.

Dorothy começou a soluçar com a situação, pois se sentia solitária entre todas aquelas pessoas estranhas. As suas lágrimas pareceram comover os bondosos Munchkins, pois imediatamente pegaram lenços e começaram a chorar também. Quanto à velhinha, ela tirou o chapéu e o equilibrou na ponta do nariz, enquanto contava "um, dois, três" em voz grave. Imediatamente o chapéu se transformou em lousa, na qual estava escrito em letras grandes de giz branco:

"DOROTHY DEVE IR ATÉ A CIDADE DAS ESMERALDAS".

A velhinha tirou a lousa do nariz e, depois de ler as palavras nela, perguntou:

– Seu nome é Dorothy, querida?

– Sim – respondeu a criança, levantando os olhos e secando as lágrimas.

– Então você deve ir até a Cidade das Esmeraldas. Talvez Oz a ajude.

– Onde fica essa cidade? – perguntou Dorothy.

– Fica exatamente no centro do território, e é governada por Oz, o Grande Mágico de quem falei.

– Ele é um bom homem? – perguntou a garota apreensiva.

– Ele é um bom Mágico. Se ele é um homem ou não, não sei dizer, pois nunca o vi.

– Como posso chegar lá? – perguntou Dorothy.

– Você deve andar. É uma longa jornada, por um território que às vezes é agradável e às vezes sombrio e terrível. Porém, usarei todas as artes mágicas que conheço para manter você segura.

– A senhora não irá comigo? – implorou a garota, que havia começado a considerar a velhinha como sua única amiga.

– Não, não posso ir junto – respondeu ela. – Mas lhe darei meu beijo, pois ninguém se atreve a fazer mal a uma pessoa que tenha recebido o beijo da Bruxa do Norte.

Aproximou-se de Dorothy e deu-lhe um beijo na testa com delicadeza, deixando uma marca redonda e brilhante, como Dorothy descobriu logo depois.

– A estrada para a Cidade das Esmeraldas é pavimentada com tijolos amarelos – disse a Bruxa –, para você não se perder dela. Quando você encontrar Oz, não tenha medo dele e conte sua história, pedindo ajuda. Adeus, querida.

Os três Munchkins fizeram uma grande reverência, desejaram uma boa viagem, e em seguida foram embora, caminhando entre as árvores. A bruxa deu a Dorothy um simpático aceno de cabeça, rodopiou se apoiando sobre o calcanhar esquerdo três vezes, e logo desapareceu, para grande surpresa do pequeno Totó, que saiu latindo atrás dela bem alto quando ela se foi –

porque, enquanto ela estava presente, tinha medo até de rosnar.

Mas Dorothy, sabendo que ela era uma bruxa, já esperava que desaparecesse bem daquele jeito, e não ficou nem um pouco surpresa.

3.
Como Dorothy salvou o Espantalho

Quando Dorothy ficou sozinha, começou a sentir fome. Então ela foi até o armário e cortou para si mesma um pedaço de pão e nele espalhou manteiga. Deu um pouco para Totó e, tirando um balde da prateleira, foi até o riacho pegar água cristalina e pura. Totó passou pelas árvores e começou a latir para os pássaros que lá estavam. Dorothy foi atrás dele, e viu tantas frutas tão deliciosas penduradas nos galhos que colheu algumas, tendo encontrado justamente o que queria para o café da manhã.

Voltou para a casa e, depois de ter tomado uns

bons goles da água fresca e cristalina junto com Totó, começou a se preparar para viajar até a Cidade das Esmeraldas.

Dorothy possuía apenas um outro vestido, mas que estava limpo e pendurado num cabide ao lado da sua cama. Era xadrez, branco e azul, e embora o azul estivesse um tanto desbotado devido a tantas lavagens, ainda era um belo vestido. A menina se lavou cuidadosamente, vestiu o vestido xadrez limpo e amarrou uma touca cor-de-rosa na cabeça. Pegou uma cestinha e a encheu com pão do armário, colocando por cima uma toalha branca. Depois olhou para os pés e percebeu quão velhos e gastos estavam os seus sapatos.

– Com certeza nunca vão durar em uma longa viagem, Totó – disse ela.

E Totó olhou para ela com seus olhinhos pretos e balançou o rabo para mostrar que sabia o que ela queria dizer.

Naquele momento, Dorothy viu sobre a mesa os sapatos prateados que haviam pertencido à Bruxa do Leste.

– Me pergunto se eles vão servir pra mim – disse a Totó. – Eles seriam a melhor coisa para uma longa travessia, pois não se desgastariam.

Ela tirou os velhos sapatos de couro e provou os prateados, que lhe serviram perfeitamente, como se tivessem sido feitos sob medida para ela.

Por fim, pegou a cesta.

– Vem, Totó – disse ela. – Vamos para a Cidade

das Esmeraldas e perguntar ao Grande Oz como fazemos para voltar para o Kansas de novo.

Ela fechou a porta e a trancou, guardando a chave com cuidado no bolso do vestido. E assim, com Totó trotando atentamente atrás dela, iniciou a sua viagem.

Havia inúmeras estradas por perto, mas não demorou muito para que ela encontrasse aquela que era pavimentada com tijolos amarelos. Em pouco tempo, caminhava com vigor em direção à Cidade das Esmeraldas, seus sapatos prateados cintilando alegremente sobre o duro e amarelo leito da estrada. O sol brilhava intenso e os pássaros cantavam suavemente, e Dorothy não se sentia tão mal quanto se esperava de uma garotinha que tinha sido repentinamente levada para longe de seu próprio país e colocada no meio de uma terra estranha.

Ficou surpresa, enquanto caminhava, ao ver como aquele lugar era bonito. Havia cercas arrumadas na beira da estrada, pintadas de uma cor azul delicada, e para além delas havia campos de cereais e legumes em abundância. Os Munchkins, claramente, eram excelentes agricultores e capazes de cuidar de grandes plantações. De vez em quando, ela passava por uma casa, e as pessoas saíam para vê-la e a cumprimentavam com reverências –pois todos sabiam que tinha sido ela quem destruíra a Bruxa Má e os livrara da servidão. As casas dos Munchkins eram residências de aparência meio esquisita, pois cada uma era redonda, com um telhado em formato de cúpula. Todas eram pintadas de azul, pois nesta terra do Leste o azul era a cor favorita.

No fim da tarde, quando Dorothy estava cansada devido a sua longa caminhada e começava a se perguntar onde passaria a noite, chegou a uma casa bem maior que o resto. Diante dela, sobre o gramado verde, muitos homens e mulheres dançavam. Cinco pequenos violinistas tocavam o mais alto possível, e todos riam e cantavam. E ali por perto havia uma mesa farta, cheia de deliciosas frutas e castanhas, tortas e bolos, e muitas outras coisas boas de se comer.

As pessoas cumprimentaram Dorothy com gentileza e a convidaram para o jantar e para passar a noite com eles, pois esta era a casa de um dos Munchkins mais ricos na região. Seus amigos estavam reunidos com ele para que pudessem celebrar a liberdade da servidão à Bruxa Má.

Dorothy jantou muito bem e foi servida pelo próprio anfitrião, que se chamava Boq. Depois, ela se sentou em um sofá e assistiu às pessoas dançando.

Quando Boq viu os sapatos prateados dela, disse:

– Você deve ser uma grande feiticeira.

– Por quê? – perguntou a garota.

– Porque você está usando Sapatos Prateados e matou a Bruxa Má. Além disso, tem branco no seu vestido, e apenas as bruxas e as feiticeiras usam branco.

– O meu vestido é xadrez, azul e branco – disse Dorothy, alisando o amassado dele.

– É gentil da sua parte vestir essa roupa – disse Boq. – Azul é a cor dos Munchkins e branco é a cor das bruxas. Então sabemos que você é uma bruxa amigável.

Dorothy não sabia o que dizer, já que todos pareciam achar que ela era uma bruxa, mesmo ela sabendo muito bem que era apenas uma garotinha normal que havia chegado naquela terra estranha por causa de um ciclone.

Quando havia se cansado de assistir à dança, Boq a levou até a casa, onde ele lhe deu um quarto com uma linda cama. Os lençóis eram de tecido azul, e Dorothy dormiu neles profundamente até a manhã seguinte, com Totó encolhido no tapete azul ao seu lado.

Ela tomou um café da manhã farto e ficou observando um bebê Munchkin pequenino, que brincava com Totó e puxava seu rabo, e corria e ria de uma maneira que entretinha Dorothy. Totó chamava a atenção de todos, pois eles nunca tinham visto um cachorro antes.

– Quanto tempo leva para chegar até a Cidade das Esmeraldas? – perguntou a garota.

– Não sei – respondeu Boq, sério –, pois nunca

estive lá. É melhor que as pessoas fiquem longe de Oz, a não ser que tenham negócios a tratar com ele. Mas é um longo trajeto até a Cidade das Esmeraldas, e vai levar muitos dias. Aqui, a terra é rica e agradável, mas pode ser que você passe por lugares violentos e perigosos, antes de chegar ao seu destino final.

Isso deixou Dorothy um pouco preocupada, mas sabia que apenas o Grande Oz poderia ajudá-la a voltar para o Kansas de novo. Então, reunindo coragem, resolveu que não voltaria atrás.

Ela se despediu de seus amigos e voltou a seguir pela estrada de tijolos amarelos. Quando havia percorrido muitos quilômetros, pensou em parar para descansar, então subiu no alto de uma cerca na beira da estrada e se sentou. Havia um grande milharal além da cerca, e não muito longe ela avistou um Espantalho, colocado no alto de uma estaca para manter os pássaros longe do milho maduro.

Dorothy apoiou o queixo sobre a mão e contemplou o Espantalho, pensativa. A cabeça dele era um saco pequeno preenchido com palha, com olhos, nariz, e boca pintados para representar um rosto. Na cabeça usava um chapéu azul, velho e pontiagudo, que havia pertencido a algum Munchkin; no resto do corpo, um traje azul, gasto e desbotado, que também havia sido preenchido com palha. Nos pés, calçava botas velhas com polainas azuis, como as que todo homem usava naquela região, e o corpo fora erguido acima dos pés de milho com a estaca presa nas costas.

Enquanto Dorothy olhava seriamente para o rosto pintado e esquisito do Espantalho, ficou surpresa ao ver um dos olhos piscando lentamente para ela. A princípio, pensou que estivesse enganada, pois nunca havia visto nenhum espantalho do Kansas piscar para ela, mas depois a figura lhe acenou com a cabeça de forma amigável. Então ela desceu da cerca e caminhou até ele, enquanto Totó corria em volta da estaca e latia.

– Bom dia – disse o Espantalho, com uma voz um tanto rouca.

– Você falou? – perguntou a garota, surpreendida.

– Claro – respondeu o Espantalho. – Como vai?

– Estou bem, obrigada – Dorothy respondeu educadamente. – E como vai você?

– Não estou me sentindo bem – disse o Espantalho, com um sorriso –, pois é muito entediante ficar pendurado aqui dia e noite para espantar os corvos.

– Você não consegue sair daí? – perguntou Dorothy.

– Não, porque esta estaca está presa nas minhas costas. Se você pudesse fazer o favor de tirá-la, eu ficaria muito agradecido.

Dorothy ergueu os braços e levantou o Espantalho da estaca, já que, como ele era apenas preenchido com palha, era bem leve.

– Muito obrigado. – disse o Espantalho, assim

que foi colocado no chão. – Me sinto um novo homem.

Dorothy ficou confusa, pois era estranho ouvir um espantalho falando e vê-lo fazendo uma reverência e andando ao seu lado.

– Quem é você? – perguntou o Espantalho, enquanto se alongava e bocejava. – E para onde você está indo?

– Meu nome é Dorothy – disse a garota –, e estou indo para a Cidade das Esmeraldas, para pedir para o Grande Oz me mandar de volta para o Kansas.

– Onde fica a Cidade das Esmeraldas? – perguntou ele. – E quem é Oz?

– Ora, você não sabe? – respondeu ela, surpresa.

– Na verdade, não. Não sei de nada. Veja, sou feito apenas de palha, então não tenho cérebro nenhum – respondeu ele com tristeza.

– Ah – disse Dorothy – Sinto muito por você.

– Você acha – perguntou ele – que, se eu for até a Cidade das Esmeraldas com você, Oz me daria um cérebro?

– Não sei dizer – respondeu ela –, mas você pode vir comigo, se quiser. Se Oz não te der nenhum cérebro, você não vai ficar pior do que é agora.

– É verdade – disse o Espantalho. – Sabe – ele continuou, em tom de confidência –, não me importo que as minhas pernas, braços e corpo sejam de palha, porque assim não me machuco. Se qualquer um pisar nos meus dedos dos pés ou me espetar com um alfinete, não importa, pois não sinto nada. Mas não quero que as pessoas me chamem de tolo, e se a minha cabeça continuar preenchida com palha em vez de um cérebro, como a sua, como vou conseguir saber de alguma coisa?

– Entendo como você se sente – disse a garotinha, que realmente sentia pena dele. – Se você vier comigo, vou pedir para que Oz faça tudo o que puder para ajudar você.

– Obrigado – respondeu ele, agradecido.

Voltaram para a estrada. Dorothy o ajudou a passar a cerca, e eles partiram pelo caminho de tijolos amarelos que levava para a Cidade das Esmeraldas.

No começo, Totó não tinha gostado do novo integrante em seu grupo. Ele cheirava o Espantalho como se suspeitasse de que este carregasse um ninho de ratos no meio da palha, e rosnava com frequência de forma não amigável para ele.

– Não se preocupe com Totó – disse Dorothy ao seu novo amigo – ele nunca morde.

– Ah, não estou com medo – respondeu o Espantalho. – Ele não pode machucar a palha. Deixe-me carregar essa cesta para você. Não vou me importar, pois não fico cansado. Vou contar um segredo – continuou, conforme andava. – Existe apenas uma coisa no mundo da qual tenho medo.

– Do quê? – perguntou Dorothy. – Do Munchkin

agricultor que fez você?

– Não – respondeu o Espantalho. – É de fósforo aceso.

4.
A estrada que passava pela floresta

Depois de algumas horas, a estrada começou a ficar ruim, e a caminhada ficou tão difícil que o Espantalho muitas vezes tropeçava nos tijolos amarelos, que ali se encontravam muito desnivelados. Às vezes estavam quebrados ou eram até mesmo inexistentes, deixando buracos os quais Totó pulava e diante dos quais Dorothy dava a volta. Quanto ao Espantalho, não tendo cérebro, andava sempre reto e, portanto, pisava em buracos e caía o tempo todo sobre os tijolos duros. Nunca se machucava, porém, e Dorothy o pegava e o punha de pé outra vez. Ele ria junto com ela da sua própria dificuldade.

As plantações ali já não eram tão bem cuidadas quanto aquelas que haviam ficado para trás. Havia menos casas e menos árvores frutíferas, e, quanto mais longe iam, o território ficava ainda mais sombrio e solitário.

Ao meio-dia, eles se sentaram na beira da estrada, perto de um riachinho, e Dorothy abriu a cesta e pegou um pouco de pão. Ofereceu um pedaço ao Espantalho, mas ele recusou.

– Nunca sinto fome – disse ele –, e é muita sorte eu não sentir fome, já que a minha boca é apenas pintada. Se eu tivesse que abrir um buraco nela para comer, a palha que me preenche sairia, e isso estragaria o formato da minha cabeça.

Dorothy logo viu que era verdade, então ela só assentiu e continuou comendo o pão.

– Me conte algo sobre você e a terra de onde você veio – disse o Espantalho, quando ela havia terminado a sua janta.

Ela então contou sobre o Kansas, e como tudo era tão cinza lá, e como o ciclone a havia levado para aquela estranha Terra de Oz.

O Espantalho escutou atento, e disse:

– Não consigo entender por que você gostaria de deixar esta terra linda e voltar para aquele lugar seco e cinza que você chama de Kansas.

– É porque você não tem cérebro – respondeu a garota. – Não importa o quão monótonos e cinza sejam os nossos lares: nós que somos pessoas de carne e osso preferiríamos viver lá do que em qualquer outra região, por mais bonita que seja. Não há lugar como o nosso lar.

O Espantalho suspirou.

– Claro que não entendo – disse ele. – Se as suas cabeças fossem preenchidas com palha, como a minha, vocês provavelmente iriam todos morar em lugares lindos, e o Kansas não teria nenhuma pessoa afinal. Sorte do Kansas que vocês têm cérebro.

– E você não vai me contar uma história, enquanto descansamos? – perguntou a criança.

O Espantalho a olhou com desaprovação e respondeu:

– Minha vida é tão curta que eu realmente não conheço nada. Só fui feito anteontem. O que aconteceu no mundo antes disso é tudo desconhecido pra mim. Por sorte, quando o agricultor fez a minha cabeça, uma das primeiras coisas que ele fez foi pintar as minhas orelhas, para que eu pudesse ouvir o que estava acontecendo. Tinha outro Munchkin com ele, e a primeira coisa que ouvi foi o agricultor dizendo:

– "O que você acha dessas orelhas?"

– "Elas não 'tão retas" – respondeu o outro.

– "Não importa" – disse o agricultor. – "São orelhas do mesmo jeito" – o que era verdade.

– "Agora vou fazer os olhos" – disse o agricultor. Então ele pintou o meu olho direito, e assim que ficou pronto eu estava olhando para ele e para tudo a minha volta com muita curiosidade, pois este foi meu primeiro vislumbre do mundo.

– "Esse é um olho bem bonito" – o Munchkin que acompanhava o agricultor fez uma observação. – "Azul é realmente a melhor cor pros olhos."

– "Acho que vou fazer o outro um pouco maior" – disse o agricultor. E quando o segundo olho estava pronto, eu podia enxergar muito melhor do que antes. Depois ele fez o meu nariz e a minha boca. Mas não falei, porque naquele momento eu não sabia para que servia uma boca. Me diverti olhando pra eles enquanto faziam o meu corpo e os meus braços e pernas – e quando eles prenderam a minha cabeça no corpo, finalmente, fiquei muito orgulhoso, pois achei que eu era um bom homem como qualquer outro.

– "Este camarada vai espantar os corvos bem rápido" – disse o agricultor. – "Ele se parece muito com um homem."

– "Ora, ele é um homem" – disse o outro e eu concordei bastante com ele. O agricultor me carregou debaixo do braço até o milharal e me colocou numa estaca comprida, onde você me encontrou. Ele e o amigo logo foram embora e me deixaram sozinho.

– Não gostei de ser deixado assim pra trás. Então tentei andar atrás deles. Mas os meus pés não alcançavam o chão, e fui obrigado a ficar preso naquela estaca. Era uma vida muito triste, pois eu não tinha nada no que pensar, tendo sido feito havia tão pouco tempo. Muitos corvos e outros pássaros voaram pelo milharal, mas, logo que me avistavam, voavam para longe de novo, pensando que eu era um Munchkin – e isto me agradava e me fez achar que eu era uma pessoa bem importante. Até que um velho corvo voou perto de mim e, depois de me olhar com atenção, pousou no meu ombro e disse:

– "Me pergunto se aquele agricultor achou que me enganaria dessa maneira tosca. Qualquer corvo com bom senso pode ver que você é só uma criatura feita de palha." E aí ele pulou pro chão, bem abaixo dos meus pés, e comeu todo o milho que quis. E os outros pássaros, vendo que eu não o havia machucado, também vieram comer o milho e, em pouco tempo, havia um bando deles ao meu redor.

– Fiquei triste com isso, pois isso mostrou que eu não era um Espantalho tão bom assim quanto pensava, mas o velho corvo me consolou, dizendo: "Se você tivesse um cérebro na cabeça, você seria um homem tão bom quanto qualquer um deles, e um homem melhor do que alguns deles. O cérebro é a única coisa que vale a pena ter neste mundo, não importando se você é um corvo ou um homem.".

– Depois que os corvos foram embora, pensei nisso e decidi que tentaria de tudo pra conseguir um cérebro. Por sorte você apareceu e me tirou da estaca, e, pelo que você diz, tenho certeza de que o Grande Oz vai me dar um cérebro assim que chegarmos à Cidade das Esmeraldas.

– Espero que sim – disse Dorothy, séria. – Já que você parece tão ansioso para ter um.

–Ah, sim. Estou ansioso–respondeu o Espantalho. – É tão desconfortável saber que você é tolo.

– Bem, vamos lá – disse a garota e entregou a cesta para o Espantalho.

Não havia mais cercas na beira da estrada agora, e o terreno era acidentado e sem plantações. No fim da tarde, chegaram a uma grande floresta, onde as árvores eram tão enormes e próximas umas das outras que os galhos se encontravam por cima da estrada de tijolos amarelos. Debaixo das árvores estava quase escuro, visto que os galhos tapavam a luz do dia. Contudo, os viajantes não pararam, e entraram na floresta.

– Se esta estrada continua pra dentro da floresta, em algum momento ela sai – disse o Espantalho –, e como a Cidade das Esmeraldas está do outro lado da estrada, devemos ir aonde quer que ela nos leve.

– Qualquer um sabe disso – disse Dorothy.

– Claro. É por isso que sei disso – respondeu o Espantalho. – Se fosse necessário um cérebro para saber disso, eu nunca teria dito nada.

Após mais ou menos uma hora, a luz foi embora, e eles se viram tropeçando no escuro. Dorothy não enxergava nada, mas Totó conseguia, pois alguns cães enxergam muito bem no escuro – e o Espantalho afirmou que conseguia enxergar tão bem quanto durante o dia. Então, ela se segurou braço dele e conseguiu se orientar bem o suficiente.

– Se você avistar qualquer casa, ou qualquer lugar onde possamos passar à noite – disse ela –, me diga, porque é muito incômodo andar no escuro.

Logo depois, o Espantalho parou.

– Eu vejo uma pequena cabana à nossa direita – disse ele –, construída com toras e galhos. Devemos ir até lá?

– Sim, claro – respondeu a criança. – Estou muito cansada.

Então, o Espantalho a conduziu entre as árvores até que chegassem à cabana, e Dorothy entrou e lá encontrou uma cama de folhas secas em um canto. No mesmo momento, ela se deitou com Totó ao seu lado, logo caindo no sono. O Espantalho, que nunca se cansava, ficou em outro canto e esperou pacientemente pelo dia seguinte.

5.

O resgate do Homem de Lata

Quando Dorothy acordou, o sol brilhava entre as árvores e Totó já estava caçando pássaros e esquilos ao seu redor. Ela se sentou e olhou em volta. Lá estava o Espantalho, esperando por ela pacientemente de pé no canto dele.

– Devemos procurar por água – ela lhe disse.

– Por que você quer água? – perguntou ele.

– Pra lavar o meu rosto e tirar a poeira da estrada, e pra beber, assim o pão seco não vai grudar na minha garganta.

– Deve ser inconveniente ser de carne e osso – disse o Espantalho, pensativo –, porque você precisa dormir e comer e beber. Mas pelo menos você tem um cérebro, e vale muito a pena ser capaz de pensar bem.

Saíram da cabana e andaram entre as árvores até que encontraram uma pequena nascente de água límpida, da qual Dorothy bebeu um pouco. Ela se banhou e fez o desjejum. Ao ver que não havia sobrado muito pão na cesta, ficou contente por saber que o Espantalho não precisava comer nada, já que a comida quase não era suficiente para ela e Totó.

Quando tinha terminado a refeição, e estava prestes a voltar para a estrada de tijolos amarelos, assustou-se ao ouvir um gemido profundo que vinha de perto.

– O que foi isso? – perguntou ela, nervosa.

– Não faço ideia – respondeu o Espantalho –, mas podemos conferir.

Logo depois, ouviram outro gemido, e o som parecia vir de trás deles. Eles se viraram e deram alguns passos adentro pela floresta, quando Dorothy encontrou algo brilhando à luz do sol que surgia por entre as árvores. Ela correu até o local e parou de repente, com um grito de surpresa.

Uma das árvores grandes havia sido cortada e, ao seu lado, com um machado erguido em mãos, estava um homem feito inteiramente de lata. A sua cabeça e braços e pernas estavam unidos em seu corpo, mas ele estava perfeitamente imóvel, como se não fosse capaz de se movimentar.

Dorothy o olhou com perplexidade, e o Espantalho também. Enquanto isso, Totó latia bem alto e tentou morder as pernas de lata, o que acabou machucando os seus dentes.

– Era você quem estava gemendo? – perguntou Dorothy.

– Sim – respondeu o Homem de Lata. – Sim. Estou aqui há mais de um ano gemendo, e ninguém me ouviu antes ou veio me ajudar.

– E como posso ajudar? – perguntou ela, de maneira delicada, pois tinha ficado comovida com o jeito triste de falar do homem.

– Pegue uma lata de óleo e passe nas minhas articulações – respondeu ele. – Elas estão tão enferrujadas que não consigo movimentá-las, mas, se eu estiver bem lubrificado, logo vou ficar bem de novo. Você pode encontrar uma lata de óleo em uma prateleira na minha cabana.

No mesmo instante, Dorothy correu de volta para a cabana e lá encontrou a lata de óleo. Depois retornou e perguntou apreensiva:

– Onde ficam as suas articulações?

– Primeiro, passe óleo no meu pescoço – respondeu o Homem de Lata.

Então ela passou o óleo, e, como estava bastante enferrujado, o Espantalho segurou a cabeça de lata e a movimentou com suavidade de um lado para o outro até que o homem conseguisse mexê-la livremente.

– Agora passe nas articulações dos meus braços – disse ele.

Dorothy assim o fez e o Espantalho os dobrou com cuidado até que estivessem totalmente livres da ferrugem e bons como se fossem novos.

O Homem de Lata suspirou com satisfação e abaixou o machado, o qual deixou ao lado da árvore.

– Que alívio – disse ele. – Estive segurando este machado para cima desde que enferrujei, e estou feliz em poder baixá-lo finalmente. Agora, se você puder passar nas minhas pernas, vou ficar bem de novo.

Então passaram óleo nas pernas dele até que

pudesse movimentá-las livremente. Então ele lhes agradeceu inúmeras vezes, pois parecia ser muito educado, e estar muito grato.

– Eu poderia ter ficado ali para sempre, se vocês não tivessem vindo – disse ele. – Então vocês, sem dúvida alguma, salvaram a minha vida. Como vieram parar aqui?

– Estamos a caminho da Cidade das Esmeraldas para encontrar o Grande Oz –respondeu Dorothy –, e paramos na sua cabana para passar a noite.

– Por que você quer encontrar Oz? – perguntou o Homem de Lata.

– Quero que ele me mande de volta pro Kansas, e o Espantalho quer que ele arrume um cérebro pra pôr na cabeça dele – respondeu ela.

O Homem de Lata pareceu pensar a fundo por um instante. Depois disse:

– Você acha que Oz poderia me dar um coração?

– Ora, acho que sim – respondeu Dorothy. – Deve ser tão fácil quanto dar um cérebro para o Espantalho.

– Verdade – respondeu o Homem de Lata. – Então, se você me deixar fazer parte do seu grupo, também irei para a Cidade das Esmeraldas para pedir ajuda pro Oz.

– Venha – disse o Espantalho calorosamente.

Dorothy disse também que seria um prazer ter a companhia dele. O Homem de Lata então apoiou o machado no ombro e eles atravessaram a floresta até chegarem à estrada pavimentada com tijolos amarelos.

O Homem de Lata havia pedido para Dorothy colocar a lata de óleo na cesta:

– Pois – disse ele –, se eu pegar chuva e enferrujar de novo, vou precisar muito da lata de óleo.

E tiveram sorte em contar com aquele novo companheiro, pois logo depois que retomaram a jornada, acabaram parando num lugar onde as árvores e os galhos eram tão abundantes sobre a estrada que os viajantes não conseguiam passar. Mas o Homem de Lata arregaçou as mangas e, com o seu machado, cortou tudo tão bem que de pronto conseguiu abrir uma passagem para o grupo todo.

Dorothy estava tão perdida em pensamos enquanto caminhavam que não percebeu quando o Espantalho tropeçou num buraco e saiu rolando pela beira da estrada. Ele foi obrigado a chamá-la para que pudesse ajudá-lo.

– Por que você não desviou do buraco? – perguntou o Homem de Lata.

– Porque sou burro – respondeu o Espantalho alegremente. – A minha cabeça está preenchida com palha, sabe, e é por isso que vou até o Oz para pedir um cérebro.

– Ah, entendo – disse o Homem de Lata. – Mas, no fim, cérebros não são lá as melhores coisas do mundo.

– Você tem um? – perguntou o Espantalho.

– Não, a minha cabeça é bem vazia – respondeu o Homem de Lata. – Mas já tive um cérebro, e um coração também. Então, como já experimentei os dois, eu prefiro mais um coração.

– Por quê? – perguntou o Espantalho.

– Vou contar a minha história, e aí você vai entender.

Assim, enquanto caminhavam pela floresta, o Homem de Lata contou a seguinte história:

– Nasci filho de um lenhador que cortava árvores na floresta e vendia a madeira como sustento. Quando cresci, também me tornei um lenhador, e, depois que o meu pai faleceu, cuidei da minha velha mãe enquanto estava viva. Em seguida, decidi que, em vez de morar sozinho, eu me casaria para que eu não ficasse sozinho.

"Havia uma garota Munchkin tão bela que logo passei a amá-la com todo o meu coração. Ela, por sua vez, prometeu se casar comigo logo que eu fosse capaz de ganhar dinheiro o suficiente para construir uma casa melhor para ela. Por isso, comecei a trabalhar mais do que nunca. Mas a garota vivia com uma velha que não queria que ela se casasse com ninguém, pois era tão preguiçosa que queria que a garota continuasse com ela, cozinhando e fazendo todo o trabalho doméstico. A velha então procurou a Bruxa Má do Leste e lhe prometeu duas ovelhas e uma vaca, se impedisse o casamento. Assim, a Bruxa Má colocou um feitiço no meu machado, e quando eu estava trabalhando duro certo dia, pois estava ansioso para conseguir a casa nova e ter a minha esposa o mais rápido possível, o machado escorregou de uma só vez e cortou a minha perna esquerda.

"No início, achei que foi muito azar, porque sabia que um homem de uma perna só não conseguiria se dar muito bem como lenhador. Então, fui até um latoeiro e lhe encomendei uma perna feita inteiramente de lata. Assim que me acostumei com ela, a perna me servia muito bem. Mas a minha decisão irritou a Bruxa Má do Leste, pois ela havia prometido à velha que eu não me casaria com a linda garota Munchkin. Quando comecei a cortar madeira mais uma vez, meu machado escorregou e cortou fora a minha perna direita. Fui ao latoeiro novamente, e novamente ele me fez uma perna de lata. Depois disso, o machado enfeitiçado cortou fora os meus braços, um após o outro. Porém, nada me desencorajava e eu os substituí com braços de lata. A Bruxa Má então fez o machado escorregar e cortar a minha cabeça e, a princípio, achei que fosse o meu fim. Mas o latoeiro acabou me encontrando e me fez uma nova cabeça feita de lata.

"Achei que eu tinha vencido a Bruxa Má, e trabalhei mais do que nunca. Mal sabia eu, porém, quão cruel a minha inimiga poderia ser. Ela pensou em uma nova maneira de matar o amor que eu sentia pela linda donzela Munchkin, e fez com que o meu machado escorregasse de novo, de maneira que cortasse o meu corpo bem ao meio, me dividindo em duas metades. Então, mais uma vez, o latoeiro veio em meu resgate e me fez um corpo de lata, prendendo os meus braços e pernas e cabeça de lata nele, por meio de articulações, para que eu pudesse me movimentar por aí como sempre. Mas, lamentavelmente, agora eu já não tinha mais um coração, e perdi então todo o meu amor pela Munchkin, e já não me importava mais com o casamento. Imagino que ela ainda esteja morando com a mulher, esperando que eu vá buscá-la.

"Meu corpo brilhava tanto ao sol que eu sentia muito orgulho dele e agora já não me importava mais caso o meu machado escorregasse, já que ele não poderia me cortar. Havia apenas um perigo – o de que as minhas articulações enferrujassem –, mas sempre mantive uma lata de óleo na minha cabana e tomava cuidado para passar óleo em mim sempre que precisasse. No entanto, um dia me esqueci de fazer isso, e, tendo sido pego por um temporal, antes mesmo que eu conseguisse pensar no perigo, as minhas articulações já haviam enferrujado, e fiquei fadado a permanecer na mata. Até que vocês vieram me ajudar. Foi terrível passar por isso, mas durante o ano que fiquei lá, tive tempo para pensar que a minha maior perda foi a do meu coração. Enquanto estava apaixonado, eu era o homem mais feliz da Terra. Mas ninguém pode amar alguém que não possui um coração, e por isso estou decidido a pedir um para o Oz. Se ele me der um, vou voltar para a donzela Munchkin e me casar com ela".

Tanto Dorothy quanto o Espantalho estavam muito interessados na história do Homem de Lata, e agora sabiam por que ele ansiava tanto por um novo coração.

– Mesmo assim – disse o Espantalho –, vou pedir um cérebro em vez de um coração, já que um tolo não saberia o que fazer com um coração, se tivesse um.

– Eu ficarei com o coração – respondeu o Homem de Lata –, já que cérebros não nos fazem felizes, e a felicidade é a melhor coisa do mundo.

Dorothy não disse nada, pois se sentia confusa tentando entender qual dos dois amigos estava certo, e decidiu que, se pudesse voltar para o Kansas e para a tia Em, não importava tanto se o Homem de Lata não tivesse um cérebro e o Espantalho nenhum coração, ou se cada um deles tivesse conseguido o que queria.

O que mais a preocupava era o fato de o pão estar quase acabando, e mais uma refeição para si mesma e Totó esvaziaria a cesta. Claro que nem o Homem de Lata, nem o Espantalho comiam nada, mas ela não era feita de lata e nem de palha e não conseguiria continuar vivendo, se não se alimentasse.

6.
O Leão Covarde

Durante todo aquele tempo, Dorothy e os companheiros estiveram caminhando pela mata espessa. A estrada ainda era pavimentada com tijolos amarelos, mas estava praticamente coberta por galhos e folhas secas das árvores, e a caminhada não estava nem um pouco fácil.

Havia poucos pássaros naquela parte da floresta, pois os pássaros amam o campo aberto onde há luz solar em abundância. Todavia, de tempos em tempos, era possível ouvir um rugido intenso de algum animal selvagem escondido entre as árvores. Estes ruídos faziam o coração da garotinha bater aceleradamente, pois não sabia de onde vinham. Mas Totó sabia, caminhava bem ao lado de Dorothy e nem latia de volta.

– Quanto tempo vai demorar até conseguirmos sair da floresta? – perguntou a garota ao Homem de Lata.

– Não sei dizer – foi a resposta dele. – Porque nunca estive na Cidade das Esmeraldas. Mas o meu pai foi pra lá uma vez, quando eu era menino, e ele disse que foi uma longa jornada por um território bem perigoso. Mas, quando vai chegando mais perto da cidade onde mora Oz, a paisagem fica linda. Mas não estou com medo, desde que eu tenha o meu óleo de lata, e nada pode machucar o Espantalho, enquanto você leva na sua testa a marca do beijo da Bruxa Boa, e isso lhe protegerá de qualquer mal.

– Mas e o Totó?! – disse a garota aflita. – O que vai protegê-lo?

– Nós mesmos devemos protegê-lo, se ele estiver em perigo – respondeu o Homem de Lata.

Assim que falou, um rugido terrível pôde ser ouvido da floresta, e logo em seguida um enorme Leão pulou na estrada. Com uma patada, lançou o Espantalho rodopiando para a beira da estrada, e depois golpeou o Homem de Lata com suas garras afiadas. Mas, para a surpresa do Leão, não conseguiu fazer nenhum arranhão na lata, embora o Homem de Lata tenha caído e ficado estatelado no chão.

Totó, agora que tinha um inimigo para enfrentar, saiu correndo e latindo em direção ao Leão, e a grande fera já esperava de boca aberta para morder o cão. Porém, Dorothy, temendo que Totó fosse morto e ignorando o perigo, avançou e esbofeteou o Leão em seu focinho o mais forte que pôde, enquanto gritou:

– Não se atreva a morder o Totó! Você deveria ter vergonha, onde já se viu, um animal enorme como você morder um pobre cãozinho!

– Eu não o mordi – disse o Leão, enquanto esfregava o focinho com a pata, onde Dorothy o havia atingido.

– Não, mas você tentou – retrucou ela. – Você não passa de um grande covarde.

– Eu sei – disse o Leão, cabisbaixo e envergonhado. – Eu sempre soube. Mas como posso melhorar?

– Não sei. E pensar que você acertou um homem de palha, como o Espantalho, coitadinho!

– Ele é feito de palha? – perguntou o Leão surpreso, enquanto a observava pondo o Espantalho em pé e o ajeitando para que ele retomasse a sua forma original novamente.

– Claro que ele é de palha – respondeu Dorothy, que ainda estava brava.

– É por isso que ele caiu tão fácil – observou o Leão. – Fiquei espantado em vê-lo sair rodopiando. O outro também é feito de palha?

– Não – disse Dorothy. – Ele é feito de lata. – E ajudou o Homem de Lata a se levantar de novo.

– É por isso que quase perdi as minhas garras – disse o Leão. – Quando elas rasparam contra a lata, senti um arrepio nas costas. E este animalzinho por quem você sente tanto carinho?

– É o meu cachorro, Totó – respondeu Dorothy.

– Ele é feito de lata, ou é de palha? – perguntou o Leão.

– Nenhuma das duas coisas. Ele é um... um... um cachorro de carne e osso – disse a garota.

– Ah! Que animal interessante. E parece tão pequeno, agora que estou olhando pra ele. Ninguém pensaria em morder uma coisinha tão pequena, a não ser um covarde como eu – continuou o Leão, com tristeza.

– E por que você se sente covarde? – perguntou Dorothy, olhando surpresa para a grande fera, pois ele era tão grande quanto um potro.

– É um mistério – respondeu o Leão. – Acho que já nasci assim. Todos os outros animais da floresta obviamente esperam que eu seja corajoso, já que o Leão é conhecido em toda parte como o Rei dos Animais. Aprendi que, se eu rugisse bem alto, todos os seres vivos ficariam amedrontados e sairiam da minha frente. Toda vez que me deparava com algum homem, eu sempre ficava com muito medo, mas bastava dar um rugido pra que ele fugisse o mais rápido possível. Se elefantes, tigres e ursos resolvessem brigar comigo, eu mesmo teria fugido – já que sou um grande covarde; mas, assim que me ouvem rugindo, todos tentam fugir de mim e, claro, eu os deixo ir.

– Mas isso não está certo. O Rei dos Animais não deveria ser um covarde – disse o Espantalho.

– Eu sei – respondeu o Leão, enxugando uma lágrima do olho com a ponta da cauda. – É o meu maior sofrimento, e torna a minha vida muito infeliz. Mas, sempre quando há perigo, meu coração começa a disparar.

– Talvez você tenha uma doença do coração – disse o Homem de Lata.

– É possível – disse o Leão.

– Se tiver – continuou o Homem de Lata –, deveria ficar feliz, pois isso prova que você tem um coração. Quanto a mim, não tenho coração, então não tem como eu ter uma doença assim.

– Talvez – disse o Leão, pensativo –, se eu não tivesse um coração, eu não seria um covarde.

– E você tem cérebro? – perguntou o Espantalho.

– Acho que sim. Nunca parei pra ver – respondeu o Leão.

– Estou indo atrás do Grande Oz para pedir um cérebro pra ele – observou o Espantalho. – Pois na minha cabeça só tem palha.

– E eu vou pedir pra ele um coração – disse o Homem de Lata.

– E eu vou pedir pra ele me mandar de volta pro Kansas junto com o Totó – acrescentou Dorothy.

– Você acha que Oz poderia me dar coragem? – perguntou o Leão Covarde.

– Sim, do mesmo modo que ele vai me dar um cérebro – disse o Espantalho.

– E me dar um coração – disse o Homem de Lata.

– E me mandar de volta pro Kansas – disse Dorothy.

– Então, se vocês não se importarem, irei com vocês – disse o Leão –, porque a minha vida é insuportável sem ter ao menos um pouquinho de coragem.

– Você será muito bem-vindo – respondeu Dorothy –, pois nos ajudará a manter os outros animais selvagens bem longe da gente. Me parece que eles podem ser ainda mais covardes do que você, se se assustam tão fácil com os seus rugidos.

– Eles realmente são – disse o Leão. – Mas isso não me torna mais corajoso. E, enquanto eu souber que sou covarde, serei infeliz.

Então a pequena trupe partiu mais uma vez para a sua jornada, com o Leão caminhando com passos imponentes ao lado de Dorothy. A princípio, Totó não tinha aprovado a presença desse novo companheiro, pois não conseguia se esquecer de quão perto ficou de ser esmagado pelas grandes presas do Leão. Mas, depois de um tempo, ficou mais tranquilo. No momento, Totó e o Leão Covarde viraram bons amigos.

No restante do dia, não houve nenhuma outra aventura para acabar com a paz da viagem. Teve uma vez, na verdade, que o Homem de Lata pisou em um besouro que estava se rastejando pela estrada, e acabou matando a pobre criaturinha. Tal fato o deixou muito triste, pois sempre tomava cuidado para não machucar nenhum ser vivo. Enquanto caminhava, chorou lágrimas de pesar e arrependimento, que escorreram lentamente pelo seu rosto e sobre as dobradiças do seu queixo, acabando por enferrujá-las. Quando Dorothy lhe fez uma pergunta, o Homem de Lata não podia abrir a boca, pois a sua mandíbula estava completamente enferrujada, tendo ficado emperrada. O Leão também ficou intrigado, sem entender nada. Porém, o Espantalho apanhou a lata de óleo da cesta de Dorothy e lubrificou a mandíbula do Homem de Lata. Depois de alguns instantes, ele já podia falar bem novamente.

– Que isso me sirva de lição – disse ele. – Para que eu preste atenção onde estou pisando. Porque, se eu acabar matando outro bicho, eu com certeza chorarei de novo, e chorar enferruja o meu queixo, o que acaba me impedindo de falar.

Desde então, passou a caminhar com muita atenção, de olho na estrada, e quando via uma formiguinha minúscula na labuta, dava a volta para que não lhe causasse nenhum mal. O Homem de Lata sabia muito bem que não possuía um coração e por isso tomava todo o cuidado para nunca ser cruel, rude ou algo assim.

– Vocês que possuem coração – disse ele –, têm como se guiar por ele, e não precisam fazer nada de errado. Mas eu não tenho coração e por isso preciso ter muito cuidado. Quando Oz me der um coração, sei que não vou precisar me preocupar tanto.

7.
A jornada em busca do Grande Oz

Eles foram obrigados a acampar naquela noite debaixo de uma grande árvore na floresta, pois não havia casas por perto. A árvore serviu bem como cobertura para os proteger do sereno. O Homem de Lata cortou uma pilha de madeira com o seu machado e Dorothy acendeu uma fogueira magnífica que a aqueceu e a fez se sentir menos solitária. Ela e Totó comeram o que restou do pão, e agora não sabia o que fariam com o café da manhã.

– Se você quiser – disse o Leão –, vou pra floresta e trago um cervo pra você. Você pode assá-lo na fogueira, já que os seus gostos são tão peculiares, a ponto de preferir comida cozida, e aí você terá um belo café da manhã.

– Não! Por favor, não – implorou o Homem de Lata. – Eu, com certeza, choraria se você matasse um pobre cervo, e o meu queixo enferrujaria de novo.

Contudo, o Leão se encaminhou floresta adentro e encontrou o seu próprio jantar, e ninguém nunca soube o que foi, pois ele nunca tocou no assunto. Já o Espantalho encontrou uma árvore cheia de nozes e encheu a cesta de Dorothy com elas, para que ela não ficasse com fome por tanto tempo. A garota, por sua vez, achou este ato muito gentil e atencioso por parte do Espantalho, mas riu do jeito atrapalhado com que a pobre criatura colhia as nozes. Suas mãos de palha eram tão desajeitadas e as nozes tão pequenas que deixou cair quase todas quando tentou colocá-las na cesta. Mas o Espantalho não se importava em levar muito tempo para conseguir encher a cesta, pois assim ele podia ficar longe do fogo. Tinha medo de que uma faísca pudesse atingir a sua palha e o queimar todo. Portanto, manteve-se bem longe das chamas e chegou perto apenas para cobrir Dorothy com folhas secas quando ela já estava deitada para dormir. Estas a mantiveram bem confortável e quentinha, e a garota dormiu profundamente até a manhã seguinte.

Quando já era de dia, a garota lavou o seu rosto em um riachinho e, logo depois, eles partiram para a Cidade das Esmeraldas.

Aquele iria ser um dia bastante agitado para os viajantes. Mal haviam caminhado uma hora quando se depararam com um grande fosso que atravessava a estrada e dividia a floresta até onde a vista alcançava. Era um fosso bastante largo e, quando se arrastaram até a beirada e olharam para ele, puderam ver que também era bastante profundo e que havia muitas pedras grandes e pontiagudas lá. Os despenhadeiros eram tão íngremes que nenhum deles podia descer, e por um instante parecia que a jornada acabaria ali.

– O que faremos? – perguntou Dorothy, desesperada.

– Não faço a menor ideia – disse o Homem de Lata, e o Leão sacudiu a juba desgrenhada e olhou, pensativo.

Mas o Espantalho disse:

– Não podemos voar, isto é certo. Nem podemos descer por este grande fosso. Portanto, se não pudermos pular sobre ele, devemos parar onde estamos.

– Acho que eu poderia pular por cima dele – disse o Leão Covarde, depois de mensurar a distância cuidadosamente em sua mente.

– Então isso resolverá o nosso problema – respondeu o Espantalho –, pois você pode carregar todos nós nas suas costas, um de cada vez.

– Bem, vou tentar – disse o Leão. – Quem vai primeiro?

– Eu vou – anunciou o Espantalho. – Porque, se você perceber que não vai conseguir chegar até o outro lado, Dorothy morreria, ou o Homem de Lata ficaria bem amassado se caísse sobre as pedras lá embaixo. Mas, se eu estiver nas suas costas, não vai fazer muita diferença, uma vez que a queda não me machucaria.

– Eu mesmo tenho muito medo de cair – disse o Leão Covarde –, mas acho que é só o que nos resta. Então, suba nas minhas costas e vamos tentar.

O Espantalho subiu nas costas do Leão, e a grande fera andou até a beirada do abismo e se agachou.

– Por que você não corre e pula? – perguntou o Espantalho.

– Porque não é assim que os Leões fazem – respondeu ele.

Em seguida, dando um grande salto, atirou-se ao ar e aterrissou no outro lado com segurança. Ficaram todos muito satisfeitos ao verem como ele o fez com tanta facilidade. Depois que o Espantalho havia descido das suas costas, o Leão saltou mais uma vez por cima do fosso.

Dorothy pensou em ser a próxima, então pegou Totó em seus braços e subiu nas costas do Leão, segurando-se firmemente na juba com uma das mãos. No momento seguinte, parecia que estava voando pelos ares; e então, antes que tivesse tempo para pensar, já estava a salvo do outro lado. O Leão voltou e pela terceira vez pegou o Homem de Lata. Depois, todos se sentaram por alguns instantes, para que a fera pudesse descansar, pois tinha ficado exausta por causa dos grandes saltos. Ele arfava igual um cachorrão, depois de correr muito.

Daquele lado, acabaram se deparando com uma floresta bem fechada, que parecia escura e sombria. Depois de o Leão ter descansado, partiram pela estrada de tijolos amarelos, vagando em silêncio, cada um perdido em seus próprios pensamentos, imaginando se conseguiriam chegar ao fim da mata e alcançar a luz do sol novamente. Para piorar as coisas, logo começaram a escutar ruídos estranhos vindos das profundezas da floresta, e o Leão lhes sussurrou que era nesta região onde os Kalidahs viviam.

– O que são os Kalidahs? – perguntou a garota.

– Eles são feras monstruosas com corpos de urso e cabeças de tigre – respondeu o Leão. – E têm garras tão compridas e afiadas que poderiam me rasgar em dois, com a mesma facilidade com que eu poderia matar Totó. Tenho muito medo dos Kalidahs.

– Não me surpreende que você esteja com medo – respondeu Dorothy. – Eles devem ser criaturas assustadoras.

O Leão estava prestes a responder quando, de repente, chegaram a outro abismo do outro lado da estrada. Mas este era tão largo e profundo que o Leão de imediato já sabia que não poderia saltar por cima dele.

Então se sentaram para decidir o que fariam. Depois de pensarem a fundo, o Espantalho disse:

– Ali tem uma árvore grande, próxima ao fosso. Se o Homem de Lata puder derrubá-la, para que ela caia até o outro lado, nós podemos passar tranquilamente.

– Esta é uma excelente ideia – disse o Leão. – Dá quase pra acreditar que você tem um cérebro em vez de palha na cabeça.

O Homem de Lata se pôs a trabalhar no mesmo instante, e a lâmina do seu machado estava tão afiada que logo terminou de cortar quase toda a árvore. Depois, o Leão apoiou as fortes patas dianteiras no tronco e o empurrou com todas as suas forças. A árvore foi tombando lentamente até cair com grande estrondo, os galhos mais altos chegando até o outro lado.

Tinham acabado de começar a atravessar esta estranha ponte quando um rugido intenso os fez olharem para cima. Para o seu horror, viram duas feras enormes com corpos de urso e cabeças de tigre correndo em direção a eles.

– São os Kalidahs! – disse o Leão Covarde, que começou a tremer.

– Rápido – gritou o Espantalho. – Vamos atravessar.

Assim, Dorothy foi primeiro, segurando Totó em seus braços, o Homem de Lata a acompanhou, e o

Espantalho foi logo em seguida. O Leão, embora estivesse, sem dúvidas, com medo, virou-se para os Kalidahs e em seguida soltou um rugido tão alto e terrível que Dorothy gritou e o Espantalho caiu para trás. Até mesmo as feras pararam e olharam atônitas para ele.

Mas, percebendo que eram maiores do que o Leão, e se lembrando de que eram dois contra um, os Kalidahs começaram a correr novamente, e o Leão atravessou pela árvore e virou para trás para ver o que fariam na sequência. Sem parar um instante, os animais ferozes também começaram a atravessar pela árvore. O Leão disse então a Dorothy:

– Estamos perdidos, pois eles certamente vão fazer picadinho de nós com aquelas garras afiadas. Mas fique atrás de mim, e vou lutar contra eles enquanto sobreviver.

– Espere um pouco! – exclamou o Espantalho.

Esteve pensando no que seria melhor fazer, e pediu para que o Homem de Lata cortasse a ponta da árvore que havia caído daquele lado do fosso. O Homem de Lata colocou o machado para trabalhar de imediato e, bem quando os dois Kalidahs estavam prestes a chegar, a árvore caiu no abismo, levando junto com ela os monstros disformes, que acabaram se despedaçando nas rochas do abismo.

– Bem – disse o Leão Covarde, suspirando com muito alívio –, acho que vamos viver um pouquinho mais, e estou feliz com isso, pois deve ser muito incômodo não estar vivo. Aquelas criaturas me assustaram tanto que o meu coração ainda está disparado.

– Ah – disse o Homem de Lata com pesar. – Como eu gostaria de ter um coração que batesse!

Aquela aventura acabou deixando os viajantes mais ansiosos do que nunca para sair da floresta, e caminharam com tanta pressa que Dorothy ficou cansada e teve que prosseguir o restante da viagem nas costas do Leão. Para a grande alegria de todos, as árvores ficaram menos densas quanto mais longe iam, e à tarde chegaram a um rio largo e de correnteza forte. Do outro lado das águas, viam a estrada de tijolos amarelos que passava por uma bela região, com prados verdes salpicados de flores resplandecentes. E a estrada toda era ladeada de árvores carregadas de deliciosos frutos. Ficaram muito contentes em verem aquele lugar tão agradável.

– Como faremos para cruzar o rio? – perguntou Dorothy.

– É fácil – respondeu o Espantalho. – O Homem de Lata tem que construir pra gente uma jangada, pra que, assim, consigamos chegar ao outro lado.

O Homem de Lata então pegou o seu machado e começou a cortar pequenas árvores para fazer uma jangada. Enquanto isso, o Espantalho encontrou na beira do rio uma árvore carregada de excelentes frutos, o que deixou Dorothy muito feliz, já que tinha comido apenas nozes naquele dia inteiro. A garota logo se deliciou com aquelas frutas todas.

No entanto, construir uma jangada leva tempo, mesmo quando se é diligente e incansável como o Homem de Lata. Quando chegou a noite, o trabalho ainda não estava pronto. Então encontraram um lugar aconchegante debaixo das árvores, onde dormiram bem até a manhã seguinte. Dorothy sonhou com a Cidade das Esmeraldas e com o bondoso Mágico de Oz, que logo iria mandá-la de volta para casa.

8.

O campo de papoulas mortal

O nosso pequeno grupo de viajantes despertou na manhã seguinte revigorado e cheio de esperanças. Dorothy comeu como uma princesa os pêssegos e ameixas das árvores à beira do rio. Atrás deles estava a floresta sombria pela qual atravessaram em segurança, ainda que tivessem passado por muitas dificuldades. Mas diante deles estava um território agradável e ensolarado que parecia atraí-los para a Cidade das Esmeraldas.

Claro, agora havia um vasto rio que os separava daquele lindo lugar. A jangada, porém, estava quase pronta, e, depois que o Homem de Lata havia cortado mais alguns troncos e os juntara com pinos de madeira, estavam prontos para partir. Dorothy se sentou no meio da jangada e segurou Totó em seus braços. Quando o Leão Covarde pisou na jangada, ela se inclinou bastante, pois era grande e pesado, mas o Espantalho e o Homem de Lata ficaram na outra ponta para equilibrá-la e carregavam pedaços de paus compridos para impelir a jangada pela água.

A princípio, foram muito bem, mas quando chegaram no meio do rio, a corrente rápida arrastou a jangada rio abaixo, cada vez mais para longe da estrada de tijolos amarelos. E as águas ficaram tão profundas que os pedaços compridos de pau não tocavam mais o fundo.

– Isso é péssimo – disse o Homem de Lata –, porque, se não conseguirmos alcançar a terra, seremos levados até o território da Bruxa Má do Oeste, e ela nos enfeitiçará e nos escravizará.

– E aí eu não vou conseguir nenhum cérebro – disse o Espantalho.

– E eu não vou conseguir coragem – disse o Leão Covarde.

– E eu não vou conseguir nenhum coração – disse o Homem de Lata.

– E eu nunca mais conseguirei voltar pro Kansas – disse Dorothy.

– Sem dúvidas, devemos ir até a Cidade das Esmeraldas, se pudermos – continuou o

Espantalho, e empurrou com tanta força o longo pedaço de pau que ele acabou ficando preso na lama no fundo do rio. Então, antes que pudesse puxá-lo novamente – ou soltá-lo –, a jangada foi arrastada, e o pobre Espantalho ficou agarrado ao pedaço de pau no meio do rio.

– Adeus! – gritou para os outros, e eles ficaram muito tristes por deixá-lo para trás.

O Homem de Lata começou a chorar, mas felizmente se lembrou de que poderia enferrujar, e assim secou as lágrimas no avental de Dorothy.

Claro que isso era péssimo para o Espantalho.

– Estou pior agora do que quando encontrei Dorothy pela primeira vez – pensou ele em voz alta. – Daquela vez, eu ainda estava preso em uma estaca no meio de um milharal, onde eu, pelo menos, podia fingir que espantava corvos. Mas certamente não há utilidade nenhuma para um espantalho preso a uma estaca no meio de um rio. Acho que nunca vou ter um cérebro afinal.

Pelo rio abaixo a jangada boiava, e o pobre Espantalho já havia ficado muito para trás. Então o Leão disse:

– Temos que fazer algo pra nos salvar. Acho que consigo nadar até a margem e puxar a jangada atrás de mim, se vocês se segurarem bem na ponta do meu rabo.

Assim, saltou na água, e o Homem de Lata segurou o rabo com firmeza. O Leão começou a nadar com todas as suas forças em direção à margem. Foi um trabalho duro, mesmo ele sendo tão grande. Mas pouco a pouco conseguiram escapar da corrente, e então Dorothy pegou o longo pedaço de pau do Homem de Lata e ajudou a empurrar a jangada para a terra.

Estavam todos exaustos quando finalmente conseguiram chegar na margem e pisaram na bonita relva. Também sabiam que a corrente os havia levado para bem longe da estrada de tijolos amarelos que ia até a Cidade das Esmeraldas.

– O que faremos agora? – perguntou o Homem de Lata, enquanto o Leão estava deitado sobre o relvado para se secar ao sol.

– Precisamos voltar pra estrada, de alguma forma – disse Dorothy.

– O melhor plano será caminhar pela margem do rio até voltarmos a ela – comentou o Leão.

Então, após terem descansado, Dorothy pegou sua cesta e partiram pela margem coberta de gramíneas, até a estrada da qual o rio os havia levado. Era uma região agradável, cheia de flores e árvores frutíferas, e ensolarada, o que muito agradava a todos. E se não estivessem tão tristes por causa do pobre Espantalho, poderiam estar muito mais felizes.

Caminharam o mais rápido que podiam, Dorothy tendo parado apenas uma vez para colher uma linda flor. Depois de um tempo, o Homem de Lata exclamou:

– Olhem!

Então todos olharam na direção do rio e viram o Espantalho pendurado no pedaço de pau, no meio das águas, parecendo muito solitário e triste.

– Como faremos para salvá-lo? – perguntou Dorothy.

Tanto o Leão quanto o Homem de Lata balançaram a cabeça, pois não sabiam o que fazer. Assim, sentaram-se na margem e olharam tristes para o Espantalho, até que uma cegonha passou voando e, ao vê-los, parou para descansar à beira da água.

– Quem são vocês e para onde estão indo? – perguntou a cegonha.

– Eu sou a Dorothy – respondeu a garota – e estes são os meus amigos, o Homem de Lata e o Leão Covarde. Nós estamos indo para a Cidade das Esmeraldas.

– Esta não é a estrada certa – disse a cegonha, enquanto torcia o pescoço comprido e encarava aquele grupo esquisito.

– Eu sei – retrucou Dorothy. – Mas perdemos o Espantalho e estamos pensando em como salvá-lo.

– Onde ele está? – perguntou a cegonha.

– Bem ali no rio – respondeu a garotinha.

– Se ele não fosse tão grande e pesado eu poderia pegá-lo pra vocês – comentou a cegonha.

– Ele não é nem um pouco pesado – disse Dorothy, animada –, pois ele é só feito de palha. Se você o trouxer de volta para nós, ficaremos muito gratos.

– Bem, vou tentar – disse a cegonha. – Mas se eu achar que ele é muito pesado para carregar, vou soltá-lo no rio de novo.

A grande ave então voou pelos ares e sobre as águas até chegar onde o Espantalho estava, pendurado ao pedaço de pau. Então, a cegonha, com suas grandes garras, apanhou o Espantalho pelo braço e o levou até a margem, onde Dorothy, o Leão, o Homem de Lata e Totó estavam sentados.

Quando o Espantalho se reencontrou com os amigos, ficou tão feliz que abraçou todos eles, até mesmo o Leão e Totó. Enquanto caminhavam, ele cantarolava "Ta-ra-ri-ra-ra-rá!" a cada passo, pois se sentia tão contente.

– Fiquei com medo de ficar preso no rio pra sempre – disse ele. – Mas a bondosa cegonha me salvou, e se eu conseguir um cérebro, a encontrarei de novo para retribuir a gentileza.

– Está tudo bem – disse a cegonha, que voava ao lado deles. – Sempre gosto de ajudar aqueles que estão em apuros. Mas agora tenho que ir, pois os meus bebês estão me esperando no ninho. Espero que vocês consigam encontrar a Cidade das Esmeraldas e que Oz os ajudem.

– Obrigada – respondeu Dorothy, e a bondosa cegonha saiu voando pelos ares e logo sumiu de vista.

Foram caminhando enquanto escutavam o canto dos pássaros coloridos e observavam as lindas flores que agora eram tantas que parecia haver um tapete delas no chão. Havia inúmeras flores amarelas, brancas, azuis e roxas, além de várias partes com muitas papoulas vermelhas, de cor tão vibrante que quase ofuscavam a vista de Dorothy.

– Elas não são lindas? – perguntou a garota, enquanto aspirava o aroma pungente das flores chamativas.

– Acho que sim – respondeu o Espantalho. – Quando eu tiver um cérebro, provavelmente gostarei mais delas.

– Se eu tivesse um coração, eu as adoraria – o Homem de Lata disse por sua vez.

– Sempre gostei de flores – disse o Leão. – Elas parecem tão indefesas e frágeis. Mas não há nenhuma flor na floresta tão chamativa quanto estas.

Foram encontrando cada vez mais daquelas papoulas vermelhas e cada vez menos das outras flores. Logo estavam no meio de um grande campo de papoulas. Agora, todos sabem que, quando há muitas dessas flores juntas, o seu aroma é tão poderoso que qualquer um que o aspira acaba caindo no sono. E caso a pessoa adormecida não seja levada para longe do aroma das flores, ela dorme para todo o sempre. Mas Dorothy não sabia disso, e nem podia se afastar das chamativas flores vermelhas que se espalhavam por toda parte. Então, naquele momento, os seus olhos ficaram pesados e ela sentia vontade de se sentar para descansar e dormir.

Mas o Homem de Lata não a deixou fazer isso.

– Temos que nos apressar e voltar para a estrada de tijolos amarelos antes de escurecer – disse ele.

O Espantalho concordou. Então continuaram andando até que Dorothy já não podia mais ficar em pé. Seus olhos se fecharam contra sua vontade e ela se esqueceu de onde estava e caiu entre as papoulas, dormindo profundamente.

– O que faremos? – perguntou o Homem de Lata.

– Se a deixarmos aqui, ela morrerá – disse o Leão. – O cheiro das flores está matando a todos nós. Eu mesmo quase não consigo manter os meus olhos abertos, e o cachorro já está dormindo.

Era verdade. Totó havia caído no sono ao lado de sua dona. Mas o Espantalho e o Homem de Lata, não sendo feitos de carne e osso, não eram afetados pelo aroma das flores.

– Corra rápido – disse o Espantalho ao Leão. – E saia do meio dessas flores o mais depressa que puder. Nós traremos a garotinha com a gente, mas você é muito grande para ser carregado, caso durma.

Assim, o Leão se levantou e partiu o mais rápido que pôde. Num instante, sumiu de vista.

– Vamos fazer uma cadeirinha com nossas mãos e carregá-la – disse o Espantalho.

Então pegaram Totó e o colocaram no colo de Dorothy e depois fizeram uma cadeira com suas mãos servindo de assento e seus braços servindo de encosto e, por fim, carregaram a garota adormecida entre si pelas flores.

Caminharam e caminharam, e parecia que o grande carpete de flores mortíferas que os cercava nunca ia acabar. Seguiram pela curva do rio e finalmente encontraram o seu amigo Leão, deitado e dormindo profundamente entre as papoulas. As flores foram mais fortes que a enorme fera e ele havia desistido, por fim, tendo caído a uma curta distância do fim do campo de papoulas, por onde lindas planícies verdejantes se estendiam.

– Não podemos fazer nada por ele – disse o Homem de Lata, com tristeza –, pois ele é muito pesado para ser erguido. Vamos ter de deixá-lo aqui dormindo para sempre. Pode até ser que ele acabe sonhando que encontrou coragem finalmente.

– É uma tristeza – disse o Espantalho. – O Leão era um camarada muito bom para alguém tão covarde. Mas vamos continuar.

Carregaram a garota adormecida até um belo local ao lado do rio, longe o suficiente do campo de papoulas, para evitar que ela aspirasse mais do veneno das flores, e ali a haviam colocado cuidadosamente sobre a relva macia, esperando que a brisa fresca a despertasse.

9. A Rainha dos Ratos-do-Campo

– Não devemos estar longe da estrada de tijolos amarelos agora – comentou o Espantalho, enquanto estava ao lado da garota –, porque já fizemos quase todo o caminho de volta.

O Homem de Lata estava prestes a responder quando ouviu um grunhido baixo. E, virando a cabeça (que funcionava maravilhosamente bem com as articulações), viu um animal estranho saltando por sobre a relva e vindo em direção a eles. Era, sem dúvida alguma, um grande gato selvagem amarelo, e o Homem de Lata imaginou que ele estivesse caçando algo, pois suas orelhas estavam bem abaixadas e sua boca arreganhada, mostrando duas fileiras de dentes horrendos, enquanto seus olhos vermelhos brilhavam como bolas de fogo. Conforme se aproximava, o Homem de Lata viu que tinha uma ratinha-do-campo cinza correndo à frente da fera. Mesmo não tendo coração, sabia que não era certo aquele gato selvagem matar uma criatura tão bonita e inofensiva.

O Homem de Lata então ergueu o seu machado e, quando o gato selvagem passou perto dele, deu um golpe rápido que cortou a cabeça do animal, arrancando-a de seu corpo, e ela rolou a seus pés dividida em duas partes.

A rata-do-campo, agora que estava livre do seu inimigo, parou de repente e, dirigindo-se lentamente para o Homem de Lata, disse com uma vozinha aguda:

– Ah, obrigada! Muito obrigada por salvar a minha vida.

– Não precisa me agradecer – respondeu o lenhador. – Não tenho coração, sabe, então tomo cuidado para ajudar todos aqueles que precisam de um amigo, mesmo que seja apenas um rato.

– Apenas um rato! – exclamou o animalzinho, indignado. – Ora, eu sou uma rainha! A Rainha de todos os ratos-do-campo!

– É mesmo? – disse o Homem de Lata, fazendo uma reverência.

– Você fez uma grande ação, e de muita coragem

também, pois salvou a minha vida – acrescentou a Rainha.

Naquele momento, vários ratos apareceram correndo tão rápido quanto suas perninhas podiam levá-los. Quando viram sua rainha, exclamaram:

– Ah, Vossa Majestade, pensávamos que havia sido assassinada! Como conseguiu escapar do grande gato selvagem? – Todos se curvaram tanto para a pequena rainha que quase ficaram de cabeça para baixo.

– Este curioso homem de lata – respondeu ela – matou o gato selvagem e salvou a minha vida. Então, a partir de agora, todos vocês devem servi-lo e obedecer a qualquer desejo seu.

– Nós assim faremos! – bradaram todos os ratos, em um coro estridente.

E depois correram em todas as direções, pois Totó havia acordado e, vendo todos aqueles ratos à sua volta, deu um latido de satisfação e pulou bem no meio do grupo, pois sempre adorou caçar ratos quando vivia no Kansas, e não via nenhum mal nisso.

Mas o Homem de Lata agarrou o cachorro e o segurou com firmeza, enquanto chamava os ratos.

– Voltem! Voltem! Totó não vai machucá-los.

Diante disso, a Rainha dos Ratos pôs a cabeça para fora de uma moita e perguntou, com voz tímida:

– Tem certeza de que ele não vai nos morder?

– Não vou deixá-lo – disse o Homem de Lata. –

Então, não tenham medo.

Um por um, os ratos voltaram lentamente, e Totó não latiu de novo, embora tivesse tentado escapar dos braços do Homem de Lata. Tinha até pensado em mordê-lo, mas não o fez porque sabia bem que ele era todo feito de lata. Por fim, um dos maiores ratos falou:

– Há algo que possamos fazer – perguntou ele – para recompensá-lo por ter salvo a vida de nossa Rainha?

– Nada que eu saiba – respondeu o Homem de Lata.

Mas o Espantalho, que já estava tentado pensar havia algum tempo, mas que não conseguia porque a cabeça estava preenchida apenas com palha, disse rapidamente:

– Ah, sim. Vocês podem salvar o nosso amigo, o Leão Covarde, que adormeceu no meio das papoulas.

– Um Leão! – exclamou a pequena Rainha. – Ora, ele devoraria todos nós.

– Ah, não – afirmou o Espantalho. – Esse Leão é um covarde.

– É mesmo? – perguntou o rato.

– Ele mesmo diz isso – respondeu o Espantalho. – E ele nunca machucaria ninguém que é nosso amigo. Se vocês nos ajudarem, prometo que ele tratará a todos com gentileza.

– Muito bem – disse a Rainha. – Confiamos em você. Mas o que podemos fazer?

– Há muitos desses ratos que lhe chamam de

Rainha e que estão dispostos a obedecer a suas ordens?

– Ah, sim. Há milhares – respondeu ela.

– Então, por favor, peça para que todos eles venham aqui o quanto antes e que cada um traga um longo pedaço de corda.

A Rainha se dirigiu aos ratos que a acompanhavam e pediu para que fossem chamar imediatamente todo o seu povo. Assim que ouviram suas ordens, correram para todas as direções o mais rápido possível.

– Agora – disse o Espantalho ao Homem de Lata – você deve ir até aquelas árvores na beira do rio e construir uma carroça que aguente carregar o Leão.

O Homem de Lata então foi de imediato até as árvores e começou a trabalhar. E não demorou muito para que construísse uma carroça com os troncos das árvores, das quais arrancou todas as folhas e galhos. Prendeu tudo com pinos de madeira e fez as quatro rodas de pedaços curtos de um grande tronco de árvore. Fez o trabalho tão rápido e tão bem que, quando os ratos começaram a chegar, a carroça já estava pronta para ser usada.

Eles vieram de todas as direções, e havia milhares deles: ratões, ratinhos e ratos médios, e cada um trazia um pedaço de corda na boca. Foi mais ou menos naquela hora que Dorothy acordou do seu prolongado sono e abriu os olhos. Ficou muito espantada ao se encontrar deitada sobre a relva, com milhares de ratos em pé a olhando com timidez. Mas o Espantalho lhe contou tudo e, dirigindo-se à nobre ratinha, disse:

– Permita-me apresentar-lhe Sua Majestade, a Rainha.

Dorothy fez um aceno solene com a cabeça e a Rainha fez uma reverência. Depois disso, as duas se deram bastante bem.

O Espantalho e o Homem de Lata começaram a amarrar os ratos à carreta, usando as cordas que eles haviam trazido. Uma ponta da corda foi amarrada em volta do pescoço de cada rato e a outra ponta na carreta. Claro, a carreta era mil vezes maior do que qualquer um dos ratos que iriam puxá-la, mas, quando todos os ratos haviam sido atrelados, foram capazes de puxá-la com bastante facilidade. Até mesmo o Espantalho e o Homem de Lata podiam se sentar nela, e foram levados com rapidez por seus estranhos cavalinhos até o local onde o Leão adormeceu.

Depois de muito trabalho duro, pois o Leão era pesado, conseguiram colocá-lo na carroça. E a Rainha então rapidamente deu ordem para que o seu povo partisse, pois temia que, se os ratos ficassem muito tempo entre as papoulas, eles também adormeceriam.

A princípio, as criaturinhas, embora fossem muitas, quase não conseguiam mover a carroça cheia, mas tanto o Homem de Lata quanto o

Espantalho começaram a empurrá-la e a carroça então começou a se movimentar. Logo carregaram o Leão do meio das papoulas para os campos verdes, onde ele poderia respirar o ar doce e fresco novamente, em vez do aroma venenoso das flores.

Dorothy foi ao encontro deles e agradeceu aos ratinhos calorosamente por terem salvado seu companheiro da morte. Ela se afeiçoara tanto ao grande Leão que estava feliz por ele ter sido resgatado.

Depois os ratos foram soltos da carreta e se espalharam pela relva até as suas casas. A Rainha dos Ratos foi a última a partir.

– Caso voltem a precisar de nós – disse ela –, venham até o nosso campo e nos chamem, e assim apareceremos para ajudá-los. Adeus!

– Adeus! – responderam todos.

E a Rainha se foi, enquanto Dorothy segurava Totó com firmeza para que ele não corresse atrás dela e a assustasse.

Depois disso, sentaram-se ao lado do Leão até que ele despertasse, e o Espantalho trouxe para Dorothy algumas frutas de uma árvore próxima, as quais ela comeu para o jantar.

10.

O Guardião dos Portões

Foi só depois de um tempo que o Leão Covarde despertou, pois ele havia ficado entre as papoulas por um longo período, aspirando a fragrância mortífera. Mas, quando abriu os olhos e rolou para fora da carroça, ficou muito feliz ao saber que estava vivo.

– Corri o mais rápido que pude – disse ele, sentando e bocejando –, mas as flores foram muito mais fortes do que eu. Como vocês conseguiram me tirar de lá?

Eles então lhe contaram dos ratos-do-campo e de como eles generosamente o salvaram da morte. O Leão Covarde riu e disse:

– Sempre me imaginei muito grande e terrível. E, no entanto, coisinhas tão insignificantes como flores quase me mataram, e animaizinhos tão minúsculos como os ratos salvaram a minha vida. Que estranho tudo isso! Mas, meus amigos, o que faremos agora?

– Vamos prosseguir até encontrarmos a estrada de tijolos amarelos de novo – disse Dorothy. – E depois podemos seguir até a Cidade das Esmeraldas.

Então, estando o Leão plenamente revigorado e se sentindo bem de novo, todos partiram para a viagem, desfrutando muito da caminhada pela relva macia e fresca. Não demorou muito para que chegassem à estrada de tijolos amarelos e estivessem mais uma vez no caminho certo para a Cidade das Esmeraldas, onde vivia o Grande Oz.

A estrada, naquele trecho, voltou a ser plana e bem pavimentada, e o território em volta era lindo. Os viajantes se sentiam felizes por terem deixado a floresta bem para trás e, com ela, os muitos perigos que tinham encontrado em suas sombras sinistras. Mais uma vez podiam ver cercas construídas na beira da estrada, mas aquelas haviam sido pintadas de verde. Quando se depararam com uma casinha, em que obviamente um camponês morava, esta também era pintada de verde. Passaram por várias dessas casas durante a tarde, e às vezes pessoas apareciam às portas e os olhavam como se quisessem fazer perguntas. Contudo, ninguém se aproximava ou falava com eles por causa do grande Leão, do qual tinham muito medo. Todas as pessoas estavam vestidas com roupas de uma linda cor verde-esmeralda e usavam chapéus pontudos como os dos Munchkins.

– Esta deve ser a Terra de Oz – disse Dorothy. – E, com certeza, estamos nos aproximando da Cidade das Esmeraldas.

– Sim – respondeu o Espantalho. – Tudo aqui é verde, enquanto, na terra dos Munchkins, azul era a cor favorita. Mas as pessoas aqui não parecem ser tão amigáveis quanto os Munchkins, e receio que não conseguiremos encontrar um lugar para passar a noite.

– Eu gostaria de comer algo que não fosse frutas – disse a garota. – E tenho certeza de que Totó está quase faminto. Vamos parar na próxima casa e conversar com as pessoas.

Assim, quando chegaram a uma chácara de tamanho razoável, Dorothy caminhou de maneira decidida até a porta e bateu.

Uma mulher abriu a porta apenas o suficiente para olhar para fora e disse:

– O que você quer, filha, e por que este Leão enorme está com você?

– Gostaríamos de passar a noite com a senhora, se a senhora nos deixar – respondeu Dorothy. – E o Leão é meu amigo e companheiro, e nunca faria mal a nenhum de vocês.

– Ele é manso? – perguntou a mulher, abrindo um pouco mais a porta.

– Ah, sim – disse a garota. – E ele é um grande covarde também. É capaz de ele ter mais medo da senhora do que a senhora dele.

– Bem – disse a mulher, depois de pensar um pouco e dar outra espiada no Leão. – Se for assim, vocês podem entrar, e eu lhes darei jantar e um lugar para dormir.

Todos entraram na casa, onde havia, além da mulher, duas crianças e um homem. O homem havia machucado a perna e estava deitado num sofá em um canto. Eles pareciam estar muito surpresos ao verem um grupo tão estranho como aquele.

Enquanto a mulher estava ocupada colocando a mesa, o homem perguntou:

– Para onde vocês todos estão indo?

– Para a Cidade das Esmeraldas – disse Dorothy. – Para encontrar o Grande Oz.

– Ah, claro! – exclamou o homem. – E vocês têm certeza de que Oz irá recebê-los?

– Por que ele não iria nos receber? – respondeu ela.

– Ora, porque dizem que ele nunca deixa ninguém se aproximar dele. Estive na Cidade das Esmeraldas muitas vezes, e é um lugar lindo e maravilhoso, mas nunca me permitiram ver o Grande Oz, e nem conheço ninguém vivo que o tenha visto.

– Ele nunca sai? – perguntou o Espantalho.

– Nunca. Só passa o tempo na grande sala do trono de seu palácio, e mesmo aqueles que esperam por ele não o encontram cara a cara.

– Como ele é? – perguntou a garota.

– Isso é difícil de dizer – disse o homem, pensativo. – Oz é um Grande Mágico e pode tomar qualquer forma que desejar. Alguns dizem que ele parece um pássaro, e alguns dizem que ele se parece com um elefante. Tem gente que diz que ele se parece com um gato. Para outros, ele aparece como uma bela fada, ou um duende, ou qualquer outra forma que o agrade. Mas quem é o verdadeiro Oz, quando está na sua própria forma, isso ninguém sabe.

– Isso é muito estranho – disse Dorothy. – Mas vamos tentar encontrá-lo de alguma maneira, ou então a nossa jornada terá sido em vão.

– Por que vocês desejam ver o terrível Oz? – perguntou o homem.

– Eu quero que ele me dê um cérebro – falou o Espantalho com entusiasmo.

– Ah, Oz poderia lhe dar um facilmente – declarou o homem. – Ele tem mais cérebros do que precisa.

– E eu quero que ele me dê um coração – disse o Homem de Lata.

– Isso não será um problema pra ele – continuou o homem. – Pois Oz tem uma grande coleção de corações, de todos os tamanhos e formatos.

– E eu quero que ele me dê coragem – disse o Leão Covarde.

– Oz tem um enorme caldeirão cheio de coragem na sala do trono – disse o homem –, que cobriu com uma chapa dourada, para evitar que ela escorra. Ele terá prazer em lhe dar um pouco.

– E eu quero que ele me mande de volta pro Kansas – disse Dorothy.

– Onde fica o Kansas? – perguntou o homem, surpreso.

– Não sei – disse Dorothy com tristeza. – Mas é a minha casa, e tenho certeza de que fica em algum lugar.

– Muito provavelmente. Bem, Oz pode fazer qualquer coisa, então acredito que ele encontrará o Kansas para você. Mas primeiro você deve encontrá-lo, e isso será uma tarefa difícil, já que o Grande Mágico não gosta de receber ninguém e geralmente faz as coisas do jeito dele. Mas e você, o que você quer? – continuou, dirigindo-se ao Totó. Totó só abanava sua cauda; porque, por mais estranho que parecesse, ele não podia falar.

A mulher voltou e os chamou, dizendo que o jantar estava pronto. Então, eles se reuniram em volta da mesa e Dorothy comeu um delicioso mingau, um prato de ovos mexidos e um prato de pão branco dos bons, deliciando-se com a refeição.

O Leão comeu um pouco do mingau, mas não ligou muito para ele, pois era feito com aveia, e aveia era alimento para cavalos, não para leões. O Espantalho e o Homem de Lata não comeram absolutamente nada. Totó comeu um pouco de tudo e ficou feliz por poder jantar bem novamente.

Depois, a mulher ofereceu uma cama para que Dorothy pudesse dormir, e Totó deitou-se ao lado dela, enquanto o Leão ficou de guarda na porta do seu quarto para que não fosse incomodada. O Espantalho e o Homem de Lata ficaram cada um em seu canto e permaneceram quietos a noite inteira, embora, é claro, não dormissem.

Na manhã seguinte, assim que o sol nasceu, eles partiram e logo avistaram um lindo brilho verde no céu bem diante deles.

– Aquela deve ser a Cidade das Esmeraldas – disse Dorothy.

Conforme caminhavam, o brilho verde ficava cada vez mais intenso, e parecia que finalmente estavam se aproximando do fim da sua viagem. Porém, já passava do meio-dia quando chegaram à grande muralha que circundava a Cidade. Era alta, maciça e de um verde brilhante.

Diante deles, e no fim da estrada de tijolos amarelos, havia um grande portão, todo incrustado de esmeraldas que brilhavam tão intensamente ao sol que até mesmo os olhos pintados do Espantalho ficaram ofuscados com seu esplendor.

Havia uma campainha ao lado do portão, e Dorothy apertou o botão e ouviu um tilintar lá dentro. Então o grande portão se abriu lentamente. Todos passaram e se viram em um salão com pé-direito alto e teto abobadado, cujas paredes luziam com incontáveis esmeraldas.

Diante deles estava um homenzinho com quase o mesmo tamanho dos Munchkins. Ele estava todo vestido de verde, da cabeça aos pés, e até mesmo a sua pele tinha uma tonalidade esverdeada. Do seu lado havia uma grande caixa verde.

Quando avistou Dorothy e seus companheiros, o homem perguntou:

– O que vocês querem aqui na Cidade das Esmeraldas?

– Viemos aqui para ver o Grande Oz – disse Dorothy.

O homem ficou tão surpreso com aquela resposta que se sentou para pensar sobre o assunto.

– Faz muitos anos que ninguém pede para se encontrar com Oz – disse ele, balançando a cabeça, perplexo. – Ele é poderoso e nefasto, e, se vocês vieram até aqui com algum pedido fútil ou tolo para incomodar as sábias reflexões do Grande Mágico, ele pode ficar com raiva e destruir todos vocês em um instante.

– Mas não se trata de nada fútil ou tolo – respondeu o Espantalho. – É importante. E nos disseram que Oz é um bom Mágico.

– E ele é – disse o homem verde. – Ele governa a Cidade das Esmeraldas bem e com sabedoria.

Porém, com aqueles que não são honestos, ou aqueles que se aproximam dele apenas por curiosidade, ele é o mais terrível, e foram poucos os que ousaram pedir para se encontrar com ele. Eu sou o Guardião dos Portões, e já que vocês estão pedindo para se encontrar com o Grande Oz, vou levá-los ao seu palácio. Mas antes vocês precisam colocar os óculos.

– Por quê? – perguntou Dorothy.

– Porque, se vocês não usarem óculos, o resplendor e a glória da Cidade das Esmeraldas os cegarão. Até mesmo aqueles que vivem na Cidade devem usar óculos, noite e dia. Todos os óculos ficam trancados, pois Oz assim ordenou quando a Cidade foi construída, e eu tenho a única chave que os destrancará.

Ele abriu a grande caixa, e Dorothy viu que ela estava cheia de óculos de todos os tamanhos e formatos. Todos haviam colocado óculos verdes. E o Guardião dos Portões encontrou um que servia perfeitamente para Dorothy. Havia duas faixas douradas presas à armação, que passavam na parte de trás de sua cabeça, onde eram trancadas juntas por uma chavezinha pendurada em uma corrente que o Guardião dos Portões usava em volta do pescoço. Quando os óculos foram travados, Dorothy não podia tirá-los mesmo se quisesse, mas é claro que também não queria ficar cega pelo brilho da Cidade das Esmeraldas, então não disse nada.

Depois, o homem verde ajustou os óculos para o Espantalho, para o Homem de Lata e o Leão, e até mesmo para o pequeno Totó, e todos foram bem fechados com a chave.

Em seguida, o Guardião dos Portões colocou os próprios óculos e disse a eles que estava pronto para mostrar o Palácio. Pegando uma grande chave dourada que estava pendurada em um prego na parede, abriu outro portão, e todos o seguiram pelo portal que dava acesso para as ruas da Cidade das Esmeraldas.

11.
A maravilhosa Cidade de Oz

Mesmo com os olhos protegidos por óculos verdes, no início, Dorothy e seus amigos ficaram com a vista ofuscada pelo brilho da Cidade maravilhosa. As ruas eram ladeadas por belas casas, todas construídas em mármore verde e cravejadas por toda parte com esmeraldas cintilantes. Passaram por uma calçada feita do mesmo mármore verde, e onde ficava a junção dos blocos havia fileiras de esmeraldas, colocadas bem próximas umas das outras, cintilando sob o brilho do sol. As vidraças eram feitas de vidro verde. Até mesmo o céu acima da Cidade tinha uma tonalidade verde, e os raios do sol eram verdes também.

Havia muitas pessoas – homens, mulheres e crianças – andando por lá, e todas estavam vestidas com roupas verdes e tinham a pele esverdeada. Olhavam para Dorothy e a sua estranha trupe com curiosidade, e todas as crianças fugiam e se escondiam atrás de suas mães quando avistavam o Leão, mas ninguém falava com eles. Havia muitas lojas na rua, e Dorothy viu que tudo nelas era verde. Doces verdes e pipoca verde estavam à venda, assim como sapatos verdes, chapéus verdes, e roupas verdes de todos os tipos. Em uma delas, um homem estava vendendo limonada verde, e, quando as crianças a compravam, Dorothy podia ver que elas pagavam com moedas verdes.

Parecia não haver cavalos ou animais de qualquer tipo – os homens carregavam as coisas por aí em carrinhos verdes, os quais empurravam. Todos pareciam felizes, contentes e prósperos.

O Guardião dos Portões os levou pelas ruas até chegarem a uma enorme edificação, que ficava exatamente no centro da Cidade. Era o palácio de Oz, o Grande Mágico. Havia um soldado na frente da porta, com uma longa barba verde e trajando um uniforme verde.

– Estes aqui são estrangeiros – disse o Guardião dos Portões a ele – e estão pedindo para se encontrarem com o Grande Oz.

– Entrem – respondeu o soldado. – E eu levarei

a sua mensagem para ele.

Eles então passaram pelos portões do palácio e foram levados até um salão com carpete verde e adoráveis móveis verdes cravejados de esmeraldas. O soldado pediu para que todos limpassem os pés em um tapete verde antes que entrassem naquele lugar. Quando estavam sentados, ele disse gentilmente:

– Por favor, sintam-se à vontade enquanto vou até a porta da sala do trono e digo a Oz que vocês estão aqui.

Tiveram de esperar por um bom tempo até que o soldado retornasse. Quando, por fim, ele voltou, Dorothy perguntou:

– Você viu Oz?

– Ah, não – respondeu o soldado. – Eu nunca o vi. Mas falei com Oz enquanto ele estava sentado atrás de seu biombo e transmiti a mensagem de vocês. Ele disse que irá recebê-los em audiência, se assim desejarem. Porém, a audiência será feita individualmente, e ele receberá apenas uma pessoa por dia. Portanto, como vocês precisarão permanecer no palácio por vários dias, vou pedir para que alguém mostre os quartos onde vocês poderão descansar da viagem com conforto.

– Obrigada – respondeu a garota. – É muita gentileza de Oz.

O soldado soprou um apito verde, e uma jovem garota, usando um lindo vestido de seda verde, entrou no salão imediatamente. Ela tinha belos cabelos e olhos verdes, e se curvou diante de Dorothy dizendo:

– Siga-me e eu lhe mostrarei seu quarto.

Então Dorothy se despediu de todos os amigos, com exceção de Totó. Levando o cão nos braços, seguiu a garota verde por sete corredores e três lances de escadas até chegarem ao quarto na parte da frente do palácio. Era o quartinho mais agradável do mundo, com uma cama macia e confortável que tinha lençóis de seda verdes e uma colcha de veludo verde. Havia uma fontezinha no meio do quarto exalando um perfume verde no ar, que logo caía numa bacia de mármore verde maravilhosamente esculpida. Nas janelas, havia lindas flores verdes, e havia uma prateleira com uma fileira de livrinhos verdes. Quando Dorothy teve tempo de abrir estes livros, ela encontrou inúmeras imagens verdes e esquisitas que a faziam rir, pois eram tão engraçadas.

Em um armário havia muitos vestidos verdes, feitos de seda, cetim e veludo, e todos eles serviam bem em Dorothy.

– Sinta-se em casa – disse a garota verde. – E, se você precisar de qualquer coisa, toque a campainha. Oz vai mandar chamá-la amanhã de manhã.

Ela deixou Dorothy sozinha e voltou para guiar os outros, levando cada um deles para seus respectivos quartos. Todos acabaram ficando hospedados em uma parte muito agradável do palácio. É claro que toda aquela gentileza era um desperdício no caso do Espantalho, pois, quando se encontrou sozinho em seu quarto, ficou estupidamente parado bem na entrada da porta, esperando até o amanhecer. Deitar não lhe servia para nada, e ele não podia fechar os olhos. Assim, permaneceu a noite toda olhando para uma aranhazinha que estava tecendo sua teia em um canto do quarto, como se nem estivesse em um dos quartos mais maravilhosos do mundo. O Homem de Lata se deitou na cama por força do hábito, pois se lembrava de quando ainda era de carne e osso, mas, não sendo capaz de dormir, passou a noite movimentando as suas articulações para cima e para baixo para ter certeza de que estavam em bom estado. O Leão teria preferido uma cama de folhas secas na floresta, e não gostava de ficar preso em um quarto, mas, como tinha bom senso, não se deixou aborrecer: saltou então sobre a cama e se enrolou como um gatinho e ronronou até adormecer em um instante.

Na manhã seguinte, após o desjejum, a donzela verde veio buscar Dorothy, e vestiu a menina com um dos vestidos mais bonitos, feito de cetim verde com brocados. Dorothy colocou um avental de seda verde, amarrou uma fita verde em volta do pescoço de Totó, e partiram para a sala do trono do Grande Oz.

Primeiro, foram até um grande saguão onde se

encontravam muitas senhoras e senhores da corte, todos bem trajados. Aquelas pessoas não tinham nada para fazer a não ser conversarem umas com as outras, mas sempre vinham esperar do lado de fora da sala do trono toda manhã, embora nunca fossem autorizadas a verem Oz.

Quando Dorothy entrou, olharam para ela com interesse, e um deles sussurrou:

– Você realmente vai olhar para o rosto de Oz, o Terrível?

– Claro – respondeu a garota –, se ele quiser me receber.

– Ah, ele vai recebê-la – disse o soldado que havia levado a sua mensagem para o Mágico. – Mesmo ele não gostando de ter pessoas pedindo para vê-lo. De fato, de início, ele ficou bravo e disse que devia mandá-la de volta para o lugar de onde você veio. Depois, me perguntou como você era. Quando eu falei dos seus Sapatos Prateados ele ficou muito interessado. Por fim, falei da marca na sua testa, e ele decidiu que iria autorizar a sua presença.

Naquele momento, a campainha tocou, e a garota verde disse a Dorothy:

– Este é o sinal. Você deve entrar na Sala do Trono sozinha.

Ela abriu uma portinha e Dorothy passou por ela decididamente. Então viu-se em um lugar maravilhoso. Era uma sala enorme e redonda, com teto abobadado e pé-direito alto, e as paredes, teto e chão estavam recobertos por grandes esmeraldas, colocadas uma ao lado da outra. No centro do teto, havia uma luz verde, tão brilhante quanto o sol, e que fazia as esmeraldas cintilarem de maneira extraordinária.

Mas o que mais interessou Dorothy foi o grande trono de mármore verde que ficava no meio da sala. Tinha o formato de uma cadeira e brilhava com as pedras preciosas, assim como todo o resto. No centro da cadeira havia uma enorme cabeça, sem corpo para apoiá-la, ou sem qualquer braço ou perna. Aquela cabeça não tinha cabelo, mas tinha olhos, nariz e boca, e era muito maior do que a do maior gigante.

Enquanto Dorothy a encarava com espanto e medo, os olhos se moveram lentamente e a fitaram de maneira intensa e firme. Então a boca se moveu e Dorothy ouviu uma voz dizer:

– Eu sou Oz, o Grande e Terrível. Quem é você, e por que me procura?

Não era uma voz tão terrível quanto esperava ouvir de uma grande cabeça. Então reuniu coragem e respondeu:

– Sou Dorothy, a Pequena e Gentil. Vim em busca de ajuda.

Os olhos a fitaram a fundo por um minuto. Então a voz disse:

– Onde você conseguiu os Sapatos Prateados?

– Eu os peguei da Bruxa Má do Leste, quando a

minha casa caiu sobre ela e a matou – respondeu ela.

– E onde você conseguiu essa marca na sua testa? – continuou a voz.

– Foi onde a Bruxa Boa do Norte me beijou, quando se despediu de mim e me mandou até você – disse a garota.

Os olhos novamente a fitaram intensos e viram que ela estava dizendo a verdade. Então Oz perguntou:

– E o que você quer de mim?

– Que me mande de volta pro Kansas, onde a minha tia Em e o tio Henry estão – ela respondeu com sinceridade. – Não gosto da sua terra, embora seja tão bonita. E tenho certeza de que a tia Em vai ficar muito preocupada comigo ausente por tanto tempo.

Os olhos piscaram três vezes e depois viraram em direção ao teto, e depois para baixo e para o chão, e giraram de um modo tão estranho que pareciam estar vendo todas as partes da sala. Por fim, voltaram a encarar Dorothy.

– E por que eu deveria ajudar você? – perguntou Oz.

– Porque você é forte e eu sou fraca. Porque você é um Grande Mágico e eu sou apenas uma garotinha.

– Mas você foi forte o suficiente para matar a Bruxa Má do Leste – disse Oz.

– Bem, foi o que aconteceu – respondeu Dorothy com simplicidade –, mas não tive escolha.

– Bem – disse a cabeça –, eu darei uma resposta.

Você não tem direito algum de esperar que eu a mande de volta para o Kansas, a não ser que você faça algo em troca para mim. Nesta terra, todos devem pagar por tudo aquilo que desejam. Se você quer que eu use o meu poder mágico para mandá-la de volta para casa, você deve fazer algo para mim primeiro. Ajude-me e eu a ajudarei.

– E o que devo fazer? – perguntou a garota.

– Matar a Bruxa Má do Oeste – respondeu Oz.

– Mas eu não consigo! – exclamou Dorothy, muito surpresa.

– Você matou a Bruxa do Leste e você está usando os Sapatos Prateados, os quais carregam um poderoso encantamento. Agora há apenas uma Bruxa Má. Quando puder me avisar que ela está morta, eu mandarei você de volta para o Kansas, mas não antes disso.

A garotinha começou a chorar, pois se sentia tão decepcionada. Os olhos piscaram novamente e a fitaram ansiosos, como se o Grande Oz soubesse que ela poderia ajudá-lo se quisesse.

– Nunca matei ninguém de maneira voluntária – soluçou ela. – Mesmo que eu quisesse, como eu poderia matar a Bruxa Má? Se você mesmo, que é Grande e Terrível, não consegue matá-la, como você espera que eu faça isso?

– Não sei – disse a cabeça. – Mas esta é a minha resposta, e enquanto a Bruxa Má não morrer, você não vai poder ver os seus tios novamente. Lembre-se de que a bruxa é má, extremamente má, e deve ser morta. Agora vá, e não peça para me ver de novo até que você tenha cumprido a missão.

Dorothy deixou a sala do trono com tristeza e voltou para onde o Leão, o Espantalho e o Homem de Lata a aguardavam para ouvir o que Oz havia lhe dito.

– Não há esperança para mim – ela disse, consternada. – Pois Oz não vai me mandar para casa a não ser que eu tenha matado a Bruxa Má do Oeste, e nunca conseguirei fazer isso.

Os amigos sentiam pena dela, mas não havia nada que pudessem fazer para ajudá-la. Dorothy então foi para o seu quarto e se deitou na cama onde chorou até dormir.

Na manhã seguinte, o soldado de bigodes verdes foi até o Espantalho e disse:

– Venha comigo, pois Oz mandou chamá-lo.

Então, o Espantalho o acompanhou e foi autorizado a entrar na grande sala do trono, onde viu, sentada no trono de esmeraldas, uma jovem encantadora. Ela trajava um vestido verde e sobre os cabelos cacheados tinha uma coroa com pedras preciosas. Dos seus ombros surgiam duas asas, de lindas cores e que se moviam com o mais leve sopro de ar.

Quando o Espantalho fez uma reverência – a melhor que podia fazer, já que era de palha – diante daquela bela criatura, ela o olhou com doçura e disse:

– Sou Oz, o Grande e Terrível. Quem é você e por que você me procura?

O Espantalho, que esperava ver a grande cabeça sobre a qual Dorothy lhe havia contado, ficou muito surpreso, mas respondeu bravamente:

– Sou o Espantalho, aquele que é feito de palha. Portanto, não tenho cérebro e vim lhe pedir para que coloque um cérebro na minha cabeça, no lugar da palha. Assim me tornarei um homem como qualquer outro que vive em seus domínios.

– E por que eu deveria fazer isso por você? – perguntou a mulher.

– Porque você é sábia e poderosa, e ninguém mais pode me ajudar – respondeu o Espantalho.

– Nunca concedo favores sem nada em troca – disse Oz. – Mas prometo que, se você matar a Bruxa Má do Oeste para mim, eu lhe darei o melhor dos cérebros, um cérebro tão bom que fará de você o homem mais sábio em toda a Terra de Oz.

– Pensei que você tinha pedido para Dorothy matar a Bruxa – disse o Espantalho, perplexo.

– E eu pedi. Pouco me importa quem a matará. Mas, enquanto ela não estiver morta, eu não atenderei ao seu desejo. Agora vá e só me procure de novo quando você realmente merecer o cérebro que tanto deseja.

O Espantalho voltou com tristeza para seus amigos e contou a eles o que Oz havia dito. Dorothy ficou admirada ao descobrir que o Grande Mágico não era uma cabeça, como a que ela havia visto, mas uma adorável jovem.

– Acho que ela, assim como o Homem de Lata, precisa de um coração – disse o Espantalho.

Na manhã seguinte, o soldado de bigodes verdes foi até o Homem de Lata e disse:

– Oz mandou chamá-lo. Acompanhe-me.

Então, o Homem de Lata o acompanhou e chegou à grande sala do trono. Não sabia se encontraria Oz na forma de uma encantadora jovem ou de uma cabeça, mas esperava que fosse a da jovem, pensando alto:

– Porque, se for a cabeça, tenho certeza de que não vou conseguir nenhum coração, já que cabeças não têm coração e, por isso, não sentiriam nenhuma empatia por mim. Mas se for a jovem, eu implorarei muito por um coração, já que dizem que todas as mulheres têm bom coração.

No entanto, quando o Homem de Lata entrou na grande sala do trono, não viu nem a cabeça e nem a mulher, pois Oz havia tomado a forma de um monstro terrível. Era quase tão grande quanto um elefante, e o trono verde não parecia forte o suficiente para aguentar o seu peso. O monstro tinha a cabeça parecida com a de um rinoceronte, mas com cinco olhos na cara. Tinha também cinco braços compridos e cinco pernas compridas e finas. Pelos grossos e encaracolados o recobriam.

Era difícil conseguir pensar em outra criatura de aparência mais horrível do que aquela. Por sorte, o Homem de Lata não tinha coração naquele momento, caso contrário, teria lhe saído pela boca. Mas sendo apenas de lata, não sentiu medo algum, embora estivesse muito decepcionado.

– Sou Oz, o Grande e Terrível – falou a fera, entre rugidos. – Quem é você e porque me procura?

– Sou o Homem de Lata e, por isso, não tenho coração e não posso amar. Rogo para que você me dê um coração, para que eu possa ser como os outros homens são.

– Por que eu deveria fazer isso? – perguntou a fera.

– Porque estou pedindo e apenas você pode conceder o meu desejo – respondeu o Homem de Lata.

Oz rosnou ao ouvir tais palavras e disse, de maneira ríspida:

– Se você realmente deseja um coração, você tem que merecê-lo.

– Como? – perguntou o Homem de Lata.

– Ajude Dorothy a matar a Bruxa Má do Oeste – respondeu a fera. – Quando a Bruxa estiver morta, volte para cá e eu lhe darei então o maior e mais bondoso coração de toda a Terra de Oz.

Assim, o Homem de Lata acabou voltando com ar de tristeza para os amigos. Contou-lhes sobre a terrível fera que tinha visto. Todos se perguntaram quantas mais formas o Grande Mágico poderia ter.

Por fim, o Leão disse:

– Se ele aparecer como um monstro quando eu for vê-lo, rugirei o mais alto que puder e vou deixá-lo tão assustado que ele me concederá tudo o que eu pedir. E, se ele aparecer na forma de uma linda jovem, vou fingir que saltarei sobre ela, e assim será obrigada a atender a minha vontade. E, se ele aparecer na forma de cabeça, estará à minha mercê, pois vou fazê-la rolar por toda a sala até que ele prometa nos dar o que desejamos. Por isso, meus amigos, ânimo, pois vai dar tudo certo.

Na manhã seguinte, o soldado de bigodes verdes levou o Leão à grande sala do trono e pediu para que se encontrasse com Oz.

O Leão passou pela porta imediatamente e, olhando em volta, viu, para sua surpresa, que diante do trono havia uma bola de fogo, tão feroz e brilhante que mal podia olhar para ela. A princípio, pensou que Oz se incendiara por acidente e que estava queimando, mas quando tentou se aproximar, o calor era tão intenso que os seus bigodes acabaram ficando chamuscados. Trêmulo, recuou para perto da porta.

Então, uma voz baixa e calma veio da bola de fogo, dizendo as seguintes palavras:

– Sou Oz, o Grande e Terrível. Quem é você, e por que me procura?

E o Leão respondeu:

– Eu sou um Leão Covarde, tenho medo de tudo.

Vim para implorar a você que me dê coragem, para que eu possa me tornar o Rei dos animais, como os homens me chamam.

– Por que eu deveria lhe dar coragem? – perguntou Oz.

– Porque, de todos os mágicos, você é o melhor e sozinho conseguiria realizar o meu desejo – respondeu o Leão.

A bola de fogo queimou intensamente por um tempo, até que a voz disse:

– Quando você conseguir me provar que a Bruxa Má está morta, eu lhe darei coragem. Mas enquanto ela estiver viva, você continuará sendo um covarde.

O Leão ficou indignado com aquilo, mas não podia falar nada. Enquanto ficou ali em silêncio encarando a bola de fogo, esta começou a esquentar tanto que ele deu as costas e saiu correndo da sala. Ficou feliz em encontrar seus amigos esperando por ele, e contou a todos sobre sua conversa terrível com o Mágico.

– O que faremos agora? – perguntou Dorothy, que se sentia tão triste.

– Há apenas uma coisa que podemos fazer – respondeu o Leão. – Que é irmos até a terra dos Winkies procurar pela Bruxa Má e destruí-la.

– Mas, e se não conseguirmos? – disse a garota.

– Então nunca terei coragem – declarou o Leão.

– E eu nunca terei um cérebro – acrescentou

o Espantalho.

– E eu nunca terei um coração – falou o Homem de Lata.

– E eu nunca mais verei a tia Em e o tio Henry – disse Dorothy, começando a chorar.

– Tome cuidado! – exclamou a garota verde. – As lágrimas cairão no seu vestido de seda verde e vão acabar o manchando.

Então Dorothy enxugou as lágrimas e disse:

– Acho que temos que tentar, mas tenho certeza de que não quero matar ninguém, nem mesmo pra ver a tia Em de novo.

– Vou com você, mas sou muito covarde para matar a Bruxa – disse o Leão.

– Eu também vou – declarou o Espantalho. – Mas não servirei de muita coisa, já que sou tão tolo.

– E eu nem tenho coração para fazer mal a uma Bruxa – comentou o Homem de Lata. – Mas, se você vai, eu com certeza irei com você.

Dessa forma, ficou decidido que a jornada deles se iniciaria na próxima manhã. Então, o Homem de Lata afiou seu machado em uma pedra de amolar verde e passou óleo em todas as suas articulações adequadamente. O Espantalho renovou seu enchimento com palha nova e Dorothy pintou os olhos dele com tinta nova, para que pudesse enxergar melhor. A garota verde, que havia sido tão gentil com eles, encheu a cesta de Dorothy com coisas boas de se comer e amarrou um sininho em volta do pescoço de Totó com um laço verde.

Cada um foi para a sua cama bem cedo e dormiu profundamente até o amanhecer, quando todos foram despertados pelo canto de um galo verde que vivia no quintal do palácio e pelo cacarejo da galinha que tinha acabado de botar um ovo verde.

12.

Em busca da Bruxa Má

O soldado de bigodes verdes os guiou pelas ruas da Cidade das Esmeraldas até que chegaram no quartinho onde morava o Guardião dos Portões, o qual destravou os óculos dos nossos amigos e os colocou de volta na grande caixa. Depois, abriu o portão com cuidado para o grupo.

– Qual estrada leva até a Bruxa Má do Oeste? – perguntou Dorothy.

– Não há nenhuma estrada – respondeu o Guardião dos Portões. – Ninguém deseja prosseguir por esse caminho.

– Como faremos então pra encontrá-la? –

perguntou a garota.

– Será fácil – respondeu o homem –, pois, quando ela souber que adentraram a terra dos Winkies, ela os encontrará e escravizará todos vocês.

– Talvez não – disse o Espantalho. – Pois pretendemos destruí-la.

– É, aí as coisas ficam diferentes – disse o Guardião dos Portões. – Como ninguém nunca conseguiu acabar com ela, então o óbvio seria pensar que ela os escravizaria, assim como fez com todos os outros. Mas tomem cuidado, pois a bruxa é cruel e perversa, e pode ser que vocês não consigam acabar com ela. Prossigam em direção ao Oeste, onde o sol se põe, e vocês a encontrarão.

Eles o agradeceram, se despediram e rumaram então para o Oeste, caminhando por campos de relva macia, repletos de margaridas e botões-de-ouro aqui e ali. Dorothy ainda trajava o lindo vestido de seda que tinha colocado no palácio, mas agora, para sua surpresa, percebeu que ele não era mais verde, e sim branco. O laço em volta do pescoço de Totó também havia perdido a sua cor verde e era tão branco quanto o vestido.

A Cidade das Esmeraldas logo ficou para trás. Conforme avançavam, o terreno se tornou mais acidentado e íngreme, e não havia mais fazendas nem casas naquela terra do Oeste. O terreno também não era mais pavimentado.

Durante a tarde, o sol reluzia forte e quente em

seus rostos, pois não havia uma árvore sequer para lhes fazer sombra. Antes mesmo que anoitecesse, Dorothy, Totó e o Leão, que já estavam cansados, deitaram-se na relva e adormeceram. O Homem de Lata e o Espantalho ficaram de vigília.

A Bruxa Má do Oeste tinha apenas um olho, mas este era tão poderoso quanto um telescópio, e tudo podia ver. Então, enquanto estava sentada na porta do seu castelo, calhou de olhar ao redor e avistar Dorothy adormecida no meio da relva com os amigos em volta.

Embora estivessem a uma boa distância, a Bruxa Má ficou irada ao encontrá-los em seu território, então soprou um apito prateado que levava pendurado em seu pescoço.

Logo em seguida, um grupo de lobos enormes vieram correndo até ela, vindos de todas as direções. Tinham pernas compridas, olhos ferozes e dentes afiados.

– Encontrem aquelas pessoas – disse a Bruxa – e façam picadinho delas.

– A senhora não os escravizará? – perguntou o chefe dos lobos.

– Não – respondeu ela. – Um é feito de lata e outro, de palha. Tem uma garota e o último é um Leão. Nenhum deles presta para o trabalho, então vocês podem acabar com eles.

– Muito bem – disse o lobo, que saiu a todo vapor, acompanhado pelos outros.

Por sorte, o Espantalho e o Homem de Lata

estavam bem acordados e ouviram os lobos chegando.

– Esta é a minha batalha – disse o Homem de Lata. – Por isso fique atrás de mim enquanto enfrento um por um.

Apanhou o machado, cujo gume havia afiado muito bem, e, quando o líder dos lobos o atacou, apenas movimentou seu braço e cortou a cabeça do animal, que morreu imediatamente. Assim que pôde erguer seu machado novamente, outro lobo avançou, e este também foi atingido pela lâmina afiada do machado do Homem de Lata. Havia quarenta lobos, e quarenta vezes o Homem de Lata matou um lobo, de maneira que todos, por fim, jaziam mortos em uma pilha diante dele.

Abaixou o machado, por fim, e se sentou ao lado do Espantalho, que disse:

– Foi uma boa briga, meu amigo.

Esperaram até que Dorothy acordasse na manhã seguinte. A garotinha ficou bem assustada quando viu a enorme pilha de lobos desgrenhados, mas o Homem de Lata lhe contou tudo o que havia acontecido. Ela lhe agradeceu por ter salvado todos eles e se sentou para tomar o café da manhã. Depois, partiram novamente em sua jornada.

Naquela mesma manhã, a Bruxa Má saiu pela porta do seu castelo e olhou para fora com seu único olho, que podia enxergar muito longe. Viu que todos os lobos estavam mortos e que os estranhos ainda viajavam pelo seu território. Isso a deixou ainda mais irada e, mais uma vez, ela soprou o seu apito prateado.

Em seguida, um grande bando de corvos selvagens, que era o suficiente para escurecer o céu, veio voando em sua direção.

E a Bruxa Má disse ao Corvo Rei:

– Voem imediatamente até os estranhos. Biquem os olhos deles e acabem com eles.

Os corvos selvagens voaram em grande bando em direção a Dorothy e seus companheiros. Quando a garotinha os avistou, ela ficou com medo.

Mas o Espantalho disse:

– Esta é a minha batalha, então fiquem atrás de mim que nada de mal acontecerá com vocês.

Assim, todos eles, com exceção do Espantalho, permaneceram deitados no chão. Ele se ergueu e esticou os braços. E, quando os corvos o avistaram, ficaram assustados, como sempre ficam quando estão por perto de espantalhos, e não se atreveram a avançar mais. O Corvo Rei, porém, disse:

– É apenas um homem de palha. Eu bicarei os seus olhos.

E voou até o Espantalho, que o agarrou pela cabeça e lhe torceu o pescoço até que estivesse morto. Então, outro corvo voou até ele, e o Espantalho também lhe torceu o pescoço. Havia quarenta corvos, e quarenta vezes o Espantalho torceu o pescoço de um deles, até que todos estivessem, por fim, caídos mortos ao seu lado. Depois, ele chamou os companheiros para que se levantassem, e mais uma vez continuaram com a sua jornada.

Quando a Bruxa Má olhou para fora novamente e viu que todos os seus corvos estavam mortos, empilhados uns sobre os outros, ela se enraiveceu profundamente e soprou três vezes o seu apito prateado.

No mesmo instante, podia-se ouvir um zumbido muito alto no ar, e um enxame de abelhas negras apareceu voando em sua direção.

– Encontrem aqueles estranhos e os ferroem até a morte! – ordenou a Bruxa.

E as abelhas saíram voando rápido até chegarem onde Dorothy e seus amigos caminhavam. Mas o Homem de Lata as viu se aproximando, e o Espantalho logo decidiu o que fazer.

– Tire a minha palha e espalhe por cima da garotinha, do cachorrinho e do Leão – disse ao Homem de Lata – Desse modo as abelhas não poderão picá-los.

O Homem de Lata assim o fez, e, enquanto Dorothy estava deitada ao lado do Leão e segurava Totó em seus braços, a palha os cobriu por completo.

As abelhas chegaram e não encontraram ninguém para picarem, a não ser o Homem de Lata. Logo voaram até ele e acabaram quebrando todos os seus ferrões na lataria, sem fazer um arranhão sequer no Homem de Lata. E como abelhas não conseguem viver quando estão sem seus ferrões, aquele havia sido o fim das abelhas negras. Jazeram espalhadas em torno do Homem de Lata, como se fossem pequenos amontoados de carvão.

Depois, Dorothy e o Leão se levantaram, e a garota ajudou o Homem de Lata a colocar a palha de volta no Espantalho, até que ele estivesse como novo. Assim, mais uma vez, partiram em sua jornada.

A Bruxa Má ficou tão zangada quando viu as abelhas negras caídas, como se fossem um punhado de carvão, que bateu o pé, arrancou os cabelos e rangeu forte os dentes. Em seguida, chamou uma dúzia de servos, que eram os Winkies, e distribuiu lanças afiadas entre eles, dizendo-lhes para encontrarem os estranhos e destruí-los.

Os Winkies não eram um povo valente, mas tinham que fazer o que mandava. Assim, marcharam até se aproximarem de Dorothy. Então o Leão deu um grande rugido e saltou na direção deles, e os pobres Winkies ficaram tão assustados que correram de volta para o castelo o mais rápido que puderam.

Quando haviam voltado para lá, a Bruxa Má os castigou com uma cinta, e mandou todos de volta para o trabalho. Depois, sentou-se para pensar no que faria em seguida. Não conseguia entender como todos os seus planos para destruir aqueles estranhos haviam falhado. Mas ela era uma bruxa poderosa, além de perversa, e logo decidiu o que fazer.

Havia, em seu armário, um Chapéu Dourado, enfeitado com diamantes e rubis em volta. E aquele Chapéu Dourado possuía um encantamento. Aquele que o possuísse poderia chamar três vezes os Macacos Alados, que obedeceriam a qualquer ordem que lhes desse. Mas ninguém poderia mandar nessas estranhas criaturas mais do que três vezes. A Bruxa Má já havia usado o encantamento do chapéu duas vezes. Uma vez fora quando ela escravizara os Winkies, e começara a governar o território deles. Os Macacos Alados tinham ajudado nisso. A segunda vez fora quando enfrentara o próprio Mágico de Oz, e o afastara para longe da terra do Oeste. Os Macacos Alados também haviam ajudado nisso. Então, apenas uma vez mais ela poderia usar aquele Chapéu Dourado, razão pela qual ela só o fazia quando todos os seus outros poderes haviam se esgotado. Mas agora que os seus lobos ferozes, os seus corvos selvagens e as suas abelhas venenosas se foram, e os seus servos tinham sido espantados pelo Leão Covarde, só restava apenas uma maneira de acabar com Dorothy e seus amigos.

A Bruxa Má, portanto, pegou o Chapéu Dourado do seu armário e o colocou na cabeça. Então, equilibrou-se sobre o pé esquerdo e disse lentamente:

– Ep-pe, pep-pe, kak-ke!

Em seguida, equilibrou-se sobre o pé direito

e disse:

– Hil-lo, hol-lo, hel-lo!

E, por fim, apoiou os dois pés no chão e gritou alto:

– Ziz-zy, zuz-zy, zik!

O encantamento começou a fazer efeito. O céu ficou escuro, e um som grave e retumbante podia ser ouvido nos ares. Podia-se escutar um grande ruflo de muitas asas, muita algazarra e gargalhadas, até que o sol deu as caras novamente, mostrando a Bruxa Má cercada por uma multidão de macacos, cada um com um par de asas imensas e poderosas.

Um deles, que era muito maior do que os outros, parecia ser o líder. Ele voou para perto da Bruxa e disse:

– A senhora nos chamou pela terceira e última vez. O que deseja?

– Vá até os estranhos que estão no meu território e os destrua, com exceção do Leão – disse a Bruxa Má. – Traga aquele animal para mim, pois estou pensando em prendê-lo como um cavalo e fazê-lo trabalhar.

– As suas ordens serão obedecidas – disse o líder.

Então, com grande burburinho e barulho, os Macacos Alados voaram até o local onde Dorothy e seus amigos caminhavam.

Alguns dos Macacos capturaram o Homem de Lata e o levaram pelos ares até que estivessem sobre um lugar cheio de rochas pontiagudas. Ali mesmo lançaram o pobre Homem de Lata, que caiu de uma grande altura e se arrebentou todo, ficando impossibilitado de se movimentar ou até mesmo de gemer.

Outros Macacos apanharam o Espantalho e, com seus longos dedos, arrancaram toda a palha de dentro de suas roupas e cabeça, até sobrarem apenas o chapéu, as botas e as roupas, que ficaram empilhadas num amontoado e logo depois foram jogadas no topo dos galhos de uma árvore alta.

Os demais Macacos enlaçaram o Leão com uma corda forte, dando-lhe muitas voltas no corpo, cabeça e pernas, até que estivesse incapaz de morder, ou arranhar, ou de oferecer qualquer resistência. Depois, eles o levantaram e o levaram até o castelo da Bruxa, onde foi deixado em um pequeno pátio com uma cerca de ferro em volta, para que ele não pudesse escapar.

Mas a Dorothy não fizeram mal algum. Ela ficou parada, com Totó em seus braços, apenas presenciando o triste destino de seus camaradas e pensando que logo seria a sua vez. O líder dos Macacos Alados voou até ela, seus braços longos e peludos esticados e seu rosto feio carregando um sorriso terrível. Porém, ao avistar a marca do beijo da Bruxa Boa na testa da garota, parou subitamente, fazendo um gesto para que os outros não a tocassem.

– Não nos atrevamos a fazer mal para esta garotinha – disse a eles –, pois ela está protegida pelo Poder do Bem, e este é maior do que o Poder do Mal. Tudo o que podemos fazer é levá-la até o castelo da Bruxa Má.

Assim, com cuidado e leveza, eles levantaram Dorothy em seus braços e a levaram rapidamente pelos ares até chegarem ao castelo, onde a deixaram na soleira da porta de entrada. O líder então disse à Bruxa:

– Fizemos tudo o que foi pedido a nós até onde foi possível. O Homem de Lata e o Espantalho estão destruídos e o Leão está amarrado no pátio. Quanto à garotinha, não vamos nos atrever a lhe fazer mal, nem ao cachorro que ela carrega. O seu poder sobre o nosso grupo acabou agora, e a senhora nunca mais nos verá.

Em seguida, todos os Macacos Alados, com muitas gargalhadas e algazarra, saíram voando pelos ares e logo sumiram de vista.

A Bruxa Má ficou surpresa e preocupada quando viu a marca na testa de Dorothy, pois sabia bem que nem os Macacos Alados e nem ela mesma poderiam se atrever a fazer mal à garota. Olhou para os pés de Dorothy e, vendo os Sapatos Prateados, começou a tremer de medo, pois sabia do poderoso encantamento que carregavam. De início, a Bruxa sentiu vontade de fugir de Dorothy. No entanto, olhou nos olhos da criança e viu quão simples era a alma que estava por trás deles, e percebeu também que a garotinha não sabia do poder incrível que aqueles sapatos lhe davam.

Então, a Bruxa Má riu consigo mesma e pensou: "Ainda posso escravizá-la, pois ela não sabe como o usar o seu poder". Em seguida, disse a Dorothy, de forma ríspida e severa:

– Venha comigo e preste bem atenção em tudo o que eu falar, caso contrário, vou acabar com você, assim como fiz com o Homem de Lata e o Espantalho.

Dorothy a acompanhou pelos vários aposentos lindos do castelo, até que chegaram à cozinha, onde a Bruxa a fez limpar as panelas e as chaleiras, varrer o chão e continuar colocando lenha na fogueira.

Dorothy foi trabalhar resignadamente, com a mente preparada para labutar o máximo possível. Estava feliz, afinal, pelo fato de Bruxa Má ter decidido não a matar.

Com Dorothy dando duro no trabalho, a Bruxa pensou em ir até o pátio e colocar arreios no Leão Covarde, como se fosse um cavalo. Muito lhe divertiria, imaginava, a ideia de fazê-lo puxar a sua carruagem sempre que quisesse sair a passeio. Mas, assim que abriu o portão, o Leão rugiu alto e saltou em sua direção de forma tão agressiva que ela se assustou e saiu correndo, fechando o portão de novo.

– Se eu não puder colocar arreios em você – disse a Bruxa para o Leão, enquanto falava entre as barras do portão –, vou fazê-lo passar fome. Não vou lhe dar nenhuma comida até que você faça o que eu quiser.

Depois disso, não passou mais a levar nenhum alimento para o Leão aprisionado, mas todos os dias aparecia pelo portão à tarde e perguntava:

– Está pronto para ser arreado como um cavalo?

E o Leão respondia:

– Não. E, se você botar os pés aqui, vou mordê-la.

Mas a verdade era a de que o Leão não precisava fazer o que a Bruxa queria porque toda noite, enquanto a mulher dormia, Dorothy levava comida do armário para ele. Depois que se alimentava, ficava deitado em sua cama de palha, e Dorothy se deitava ao seu lado, apoiando a cabeça na sua juba macia e bagunçada, enquanto conversavam sobre os seus problemas e tentavam elaborar um plano para escaparem de alguma forma. Contudo, não conseguiam encontrar nenhum jeito de sair do castelo, pois eram constantemente vigiados pelos Winkies amarelos, que eram os escravos da Bruxa Má e tinham muito medo dela para deixarem de fazer o que ela pedia.

A garota tinha de trabalhar muito o dia todo, e diversas vezes a Bruxa ameaçava bater nela com o mesmo velho guarda-chuva que sempre tinha em mãos. Mas, na verdade, ela não tinha coragem de atacar Dorothy, por causa da marca que trazia na testa. A garota não sabia disso, e tinha muito medo do que poderia acontecer com ela e Totó. Teve uma vez que a Bruxa acertou Totó com uma pancada do guarda-chuva e o corajoso cãozinho voou na perna dela e lhe mordeu de volta. A Bruxa não sangrou onde foi mordida, pois era tão maligna que o seu sangue já havia secado havia muitos anos.

A vida de Dorothy se tornara muito deprimente a partir do momento que percebera que seria ainda mais difícil voltar para o Kansas e reencontrar tia Em. Às vezes chorava amarga por horas a fio. Totó ficava sentado aos seus pés, olhando para o seu rosto, ganindo com desânimo para mostrar a ela o quanto ele sentia por sua dona. Na verdade, para Totó não fazia grande diferença estar no Kansas ou na Terra de Oz, desde que Dorothy estivesse com ele. Mas sabia que a garota estava infeliz e isso o deixava infeliz também.

Depois, a Bruxa Má passou a desejar muito ter para si aqueles Sapatos Prateados que a garota sempre usava. As suas abelhas, corvos e lobos estavam lá, secando em uma pilha, e ela havia usado todo o poder do Chapéu Dourado. Contudo, se conseguisse obter os Sapatos Prateados, eles lhe dariam mais poder do que tudo aquilo que havia perdido. Ficava de olho em Dorothy, para ver se ela tiraria os sapatos alguma vez, enquanto pensava em roubá-los. No entanto, a criança tinha tanto orgulho dos seus belos sapatos que nunca os tirava, a não ser à noite, e para tomar banho. A Bruxa tinha muito medo do escuro para se atrever a ir no quarto de Dorothy durante a noite para pegar os sapatos, e o seu pavor pela água era ainda maior do que o seu medo do escuro. Portanto, nunca chegava perto quando Dorothy estava tomando banho. A velha Bruxa, de fato, nunca havia tocado em água e nem se deixava ser tocada pela água, de maneira alguma.

Mas a criatura maligna era muito ardilosa, e finalmente conseguiu pensar em uma artimanha que lhe daria o que desejava. Colocou uma barra de ferro no meio do chão da cozinha e, com suas artes mágicas, tornou a barra invisível aos olhos humanos. Assim, quando Dorothy passou por ali, tropeçou na barra, já que não a enxergava, e se estatelou. Não se machucou muito, mas durante a sua queda um dos Sapatos Prateados saiu de um dos seus pés; e, antes que pudesse pegá-lo de volta, a Bruxa o havia roubado e colocado em seu próprio pé muito magro.

A mulher má ficou muito satisfeita com o sucesso de sua artimanha, uma vez que, enquanto tivesse um dos sapatos, deteria metade do poder do encantamento deles, e Dorothy não poderia usá-lo contra ela, mesmo se soubesse como usá-lo.

A garotinha, vendo que havia perdido um dos seus belos sapatos, ficou brava e disse à Bruxa:

– Devolva o meu sapato!

– Não vou devolver nada – retrucou a Bruxa –, pois agora ele é o meu sapato, e não seu.

– Você é muito traiçoeira! – gritou Dorothy. –

Você não tem o direito de pegar o meu sapato.

– Vou ficar com ele mesmo assim – disse a Bruxa, rindo dela. – E algum dia vou conseguir pegar o outro de você também.

Dorothy ficou tão zangada com isso que pegou o balde d'água que estava próximo e o despejou na Bruxa, ensopando-a da cabeça aos pés.

De imediato, a mulher começou a gritar de pavor, e, enquanto Dorothy a olhava com espanto, a Bruxa começou a encolher e a desaparecer.

– Viu o que você fez! – gritou ela. – Em um minuto vou me derreter toda.

– Sinto muito – disse Dorothy, que estava realmente apavorada ao ver a Bruxa derretendo como açúcar mascavo bem diante dos seus olhos.

– Você não sabia que a água acabaria comigo? – perguntou a Bruxa, desesperada.

– Claro que não – respondeu Dorothy. – Como eu poderia saber?

– Bem, em alguns minutos, eu estarei derretida por completo, e o castelo será todo seu. Sempre fui má, mas nunca pensei que uma garotinha como você seria capaz de me derreter e acabar com as minhas ações maléficas. Veja, aqui vou eu!

Com tais palavras, a Bruxa virou uma massa marrom, derretida e sem forma, e que começou a se espalhar pelo chão da cozinha. Vendo que ela havia desaparecido, Dorothy pegou outro balde d'água e jogou sobre a sujeira. Depois varreu tudo para fora. Após pegar o sapato prateado, que foi tudo o que restara da velha, ela o limpou e o secou com um pano, e o calçou novamente. Depois, estando finalmente livre para fazer o que quisesse, correu até o pátio para dizer ao Leão que a Bruxa Má do Oeste havia chegado ao seu fim, e que eles não eram mais prisioneiros em uma terra estranha.

13. O resgate

O Leão Covarde ficou muito satisfeito ao ouvir que a Bruxa Má havia derretido por causa de um balde d'água, e Dorothy destrancou de uma vez o portão de sua prisão e o libertou. Entraram juntos no castelo, onde a primeira atitude tomada por Dorothy foi reunir todos os Winkies e contar a eles que não eram mais escravos.

E os Winkies amarelos celebraram muito, pois tinham sido obrigados a trabalhar duro por muitos anos pela Bruxa Má, a qual sempre os tratara com muita crueldade. Tornaram aquele dia um feriado e decidiram comemorá-lo para sempre. Festejaram e dançaram.

– Se os nossos amigos, o Espantalho e o Homem de Lata, estivessem com a gente – disse o Leão –, eu ficaria muito feliz.

– Você não acha que podemos resgatá-los? – perguntou a garota ansiosa.

– Podemos tentar – respondeu o Leão.

Assim, chamaram os Winkies amarelos e perguntaram se podiam ajudá-los a resgatar seus amigos. Os Winkies disseram que seria um prazer e que fariam tudo que estivesse ao alcance deles para ajudar Dorothy, que os havia libertados da servidão. Então, ela escolheu aqueles Winkies que pareciam ser os mais sábios, e todos partiram. Viajaram naquele dia e em parte do próximo, até chegarem à planície rochosa onde o Homem de Lata jazia, todo amassado e torto. O seu machado estava ao seu lado, mas a lâmina estava enferrujada e o cabo, quebrado.

Os Winkies o levantaram com cuidado e o levaram de volta para o Castelo Amarelo, com Dorothy vertendo algumas lágrimas pelo caminho por causa da triste condição em que seu velho amigo se encontrava. O Leão estava sério e compungido. Quando chegaram ao castelo, Dorothy disse para os Winkies:

– Tem algum latoeiro entre vocês?

– Ah, sim. Temos alguns latoeiros excelentes – disseram a ela.

– Então tragam-nos para mim – disse ela.

E quando os latoeiros vieram, carregando com eles todas as suas ferramentas em cestas, ela perguntou:

– Vocês podem consertar esses amassados no Homem de Lata, trazê-lo a sua forma original novamente e soldar as partes onde ele está quebrado?

Os latoeiros examinaram o Homem de Lata minuciosamente e logo responderam que achavam que seria possível repará-lo, até ficar novinho em folha mais uma vez. Então, puseram-se a trabalhar em umas das grandes salas amarelas do castelo. E trabalharam por três dias e quatro noites, martelando, retorcendo, dobrando, soldando, polindo e batendo nas pernas, no corpo e na cabeça do Homem de Lata, até que ele, por fim, estivesse de volta a sua velha forma e a suas articulações estivessem funcionando tão bem quanto antes. Claro, ele acabou ficando cheio de remendos, mas os latoeiros fizeram um bom trabalho. Como o Homem de Lata não era um homem vaidoso, não se importou nem um pouco com os remendos.

Quando, por fim, foi até o quarto de Dorothy e lhe agradeceu por tê-lo resgatado, ele estava tão contente que chorou lágrimas de alegria, e Dorothy teve de secar cuidadosamente todas as lágrimas usando o avental, para que as articulações dele não enferrujassem. Ao mesmo tempo, as lágrimas dela escorriam aos montes, pela alegria de reencontrar seu velho amigo, e aquelas lágrimas não precisavam ser secadas. Quanto ao Leão, secou as próprias lágrimas tantas vezes com a ponta da sua cauda que ela acabou ficando bastante molhada, e ele foi obrigado a ir até o pátio para secá-la ao sol.

– Se tivéssemos o Espantalho com a gente de novo – disse o Homem de Lata, quando Dorothy terminou de lhe contar tudo o que havia acontecido –, eu ficaria muito feliz.

– Vamos tentar encontrá-lo – disse a garota.

Ela então chamou os Winkies para ajudá-la. Caminharam o dia todo e em parte do dia seguinte, até que chegaram à árvore alta, onde os Macacos Alados haviam jogado as roupas do Espantalho.

Era uma árvore muito alta, e o tronco era tão liso que ninguém conseguia escalá-la, mas o Homem de Lata disse:

– Eu vou derrubá-la, e assim poderemos pegar as roupas do Espantalho.

Até pouco tempo atrás, enquanto os latoeiros haviam trabalhado no conserto do Homem de Lata, outro Winkie, que era ourives, havia feito um cabo de machado de ouro maciço e havia o encaixado no machado do Homem de Lata, no lugar do cabo quebrado. Outros poliram a lâmina até que toda a ferrugem tivesse sido eliminada, deixando-a com um brilho argênteo.

Assim que falou, o Homem de Lata começou a cortar a árvore, que em pouco tempo tombou com um estrondo, e as roupas do Espantalho caíram dos galhos para o chão.

Dorothy as recolheu e deu para os Winkies levarem de volta para o castelo, onde foram preenchidas com palha boa e limpa; e *voilà*! O Espantalho estava de volta, bem como sempre, e agradeceu a todos várias e várias vezes.

Agora que estavam juntos novamente, Dorothy e seus amigos passaram alguns dias felizes no Castelo Amarelo, onde encontraram tudo de que precisavam para se sentirem confortáveis.

Mas um dia a garota pensou na tia Em, e disse:

– Precisamos retornar a Oz e reivindicar a promessa que ele fez.

– Sim – disse o Homem de Lata. – Vou conseguir o meu coração finalmente.

– E eu, o meu cérebro – acrescentou alegremente o Espantalho.

– E eu, a minha coragem – disse o Leão pensativo.

– E eu voltarei pro Kansas – exclamou Dorothy, batendo palmas. – Ah, vamos partir para a Cidade das Esmeraldas amanhã mesmo!

E assim decidiram. No dia seguinte, chamaram os Winkies e se despediram deles. Os Winkies ficaram tristes por eles partirem. Haviam gostado tanto do Homem de Lata que lhe imploraram para que ele permanecesse e governasse o seu povo e a Terra Amarela do Oeste. Percebendo que estavam decididos a partir, os Winkies deram a Totó e o Leão uma coleira de ouro para cada. Para Dorothy deram um lindo bracelete cravejado de diamantes. Para o Espantalho, uma bengala com cabo de ouro, para que ele não tropeçasse mais. E para o Homem de Lata, ofereceram uma lata de óleo de prata, ornamentada com ouro e com pedras preciosas.

Cada um dos viajantes fez então um lindo discurso para os Winkies e todos trocaram apertos de mãos com eles até ficarem com os braços doloridos.

Dorothy foi até o armário da Bruxa para encher a sua cesta com comida para a viagem e lá ela viu o Chapéu Dourado. Ela o provou em sua cabeça e descobriu que o chapéu lhe servia perfeitamente. Não sabia nada sobre o encantamento que tinha o Chapéu Dourado, mas viu que era lindo, e então decidiu usá-lo, em vez da touca, que foi guardada na cesta.

Então, estando preparados para a viagem, partiram todos para a Cidade das Esmeraldas. Os Winkies deram muitos aplausos e lhes desejaram muitas coisas boas.

14.
Os Macacos Alados

Você deve se lembrar de que não havia estrada – nem mesmo uma trilha – entre o castelo da Bruxa Má e a Cidade das Esmeraldas. Quando os quatro viajantes estavam em busca da Bruxa, ela os havia visto chegando e assim enviou os Macacos Alados para trazê-los até ela. Obviamente, foi muito mais difícil encontrar o caminho de volta pelos imensos campos de botões-de-ouro e margaridas amarelas do que foi serem carregados. Eles sabiam, é claro, que deveriam rumar direto para o Leste, em direção ao sol nascente. e começaram no caminho certo. Mas ao meio-dia, quando o sol estava a pino, não sabiam mais onde ficava o Leste e onde ficava o

Oeste, e por isso acabaram se perdendo no meio dos extensos campos. Continuaram caminhando, porém. À noite, a lua surgiu muito brilhante. Assim, deitaram-se entre as flores perfumadas e dormiram profundamente até o próximo dia – todos, com exceção do Espantalho e do Homem de Lata.

Na manhã seguinte, o sol estava escondido atrás das nuvens, mas mesmo assim partiram, como se tivessem muita certeza do caminho que percorriam.

– Se andarmos bastante, estou certo de que, em algum momento, chegaremos a algum lugar – disse Dorothy.

Mas dia após dia se passava, e eles ainda não

viam nada diante deles, a não ser os campos avermelhados. O Espantalho começou a resmungar um pouco.

– Com certeza estamos perdidos – disse ele. – E, se não conseguirmos encontrar o caminho para Cidade das Esmeraldas, nunca conseguirei o meu cérebro.

– Nem eu o meu coração – declarou o Homem de Lata. – Mal posso esperar para encontrar Oz, e vocês hão de concordar que esta é uma viagem muito longa.

– Eu também não tenho coragem para continuar vagando por aí pra sempre, sem chegar a lugar algum – disse o Leão Covarde, ganindo.

Dorothy se desanimou. Sentou-se na relva e olhou para os companheiros, e eles se sentaram e olharam de volta para ela, e Totó descobriu pela primeira vez na vida que se sentia muito cansado para correr atrás de uma borboleta que passava por ele. Então o cão botou a língua para fora enquanto arfava e olhava para Dorothy, como se lhe perguntasse o que deveriam fazer em seguida.

– Que tal se chamarmos os ratos-do-campo – sugeriu ela. – Eles provavelmente poderiam nos indicar o caminho para a Cidade das Esmeraldas.

– Claro que eles poderiam! – exclamou o Espantalho. – Por que não pensamos nisso antes?

Dorothy soprou o apitinho que sempre carregava no pescoço desde que a Rainha dos Ratos o havia dado para ela. Em alguns minutos ouviram o som das patinhas, e muitos dos ratinhos cinzas vieram correndo até ela. Entre eles estava a própria Rainha, que perguntou, com sua vozinha estridente:

– Como posso ajudá-los, meus amigos?

– Nós nos perdemos – disse Dorothy. – Vossa Majestade poderia nos dizer onde fica a Cidade das Esmeraldas?

– Certamente – respondeu a Rainha. – Mas está bem longe, pois vocês estavam andando na direção contrária esse tempo todo.

Depois ela notou o Chapéu Dourado que Dorothy estava usando e disse:

– Por que você não usa o encantamento do Chapéu e não chama os Macacos Alados? Eles lhes levarão até a Cidade de Oz em menos de uma hora.

– Eu não sabia que havia um encantamento – respondeu Dorothy, surpresa. – Qual é?

– Está escrito na parte de dentro do Chapéu Dourado – respondeu a Rainha dos Ratos. – Mas, se vocês forem chamar os Macacos Alados, nós precisamos correr, pois são uns velhacos e acham que é muito divertido nos atazanar.

– Eles não vão me machucar? – perguntou a garota, ansiosa.

– Ah, não. Eles devem obedecer àquele que usa o Chapéu. Adeus! – E sumiu de vista, com todos os ratos correndo atrás dela.

Dorothy olhou para dentro do Chapéu Dourado e viu algumas palavras escritas no forro. Estas, pensou ela, devem ser o encantamento, então leu com cuidado as instruções e colocou o chapéu na cabeça.

– Ep-pe, pep-pe, kak-ke! – disse ela, equilibrando-se sobre o pé esquerdo.

– O que você disse? – perguntou o Espantalho, que não sabia o que ela estava fazendo.

– Hil-lo, hol-lo, hel-lo! – Dorothy continuou, desta vez se equilibrando sobre o pé direito.

– Olá! – respondeu o Homem de Lata calmamente.

– Ziz-zy, zuz-zy, zik! – disse Dorothy, que agora estava apoiada sobre os dois pés.

Foram as últimas palavras do encantamento, e eles então ouviram um grande falatório e bater de asas, enquanto o bando de Macacos Alados voava na direção deles.

O Rei se curvou diante de Dorothy e perguntou:

– Qual é a sua ordem?

– Desejamos ir até a Cidade das Esmeraldas – disse a criança. – E acabamos nos perdendo.

– Nós levaremos vocês – respondeu o Rei, e, assim que falou, dois dos Macacos pegaram Dorothy nos braços e saíram voando com ela. Outros levaram o Espantalho, o Homem de Lata e o Leão, e um macaquinho apanhou Totó e voou atrás deles, mesmo com o cachorro tentando muito mordê-lo.

O Espantalho e o Homem de Lata ficaram bem assustados no início, pois se lembravam de como os Macacos Alados os haviam tratado mal antes. Mas logo perceberam que não queriam fazer mal nenhum, e assim viajaram pelos ares bem contentes, e se divertiram com lindos jardins e bosques que viram bem abaixo deles.

Dorothy viajava com tranquilidade entre os maiores Macacos, um deles o próprio Rei. Eles haviam feito uma cadeira com suas mãos e tomaram cuidado para não a machucar.

– Por que vocês têm que obedecer ao encantamento do Chapéu Dourado? – perguntou ela.

– É uma longa história – respondeu o Rei, rindo. – Mas como temos uma longa jornada pela frente, vou aproveitar o tempo para lhe contar, se estiver interessada.

– Será um prazer – respondeu ela.

O líder começou a contar a história então.

– No passado, fomos um povo livre. Vivíamos alegremente na grande floresta, voando de árvore em árvore, comendo nozes e frutas, e fazendo apenas o que queríamos, sem ter que chamar ninguém de mestre. Talvez alguns de nós fossem muito travessos às vezes. Alguns voavam até o chão para puxar os rabos dos animais que não tinham asas, outros perseguiam pássaros e havia os que jogavam nozes nas pessoas que passavam pela floresta. Mas éramos displicentes, felizes e nos divertíamos muito. Aproveitávamos cada minuto do dia. Isso foi há muitos anos, bem antes de Oz aparecer das nuvens e governar esta terra.

Naquela época, bem longe ao Norte, morava uma linda princesa, que também era uma feiticeira poderosa. Toda a sua mágica era usada para auxiliar as pessoas, e ela era conhecida por nunca ter feito mal àqueles que eram bons. O seu nome era Gayelette, e ela vivia em um lindo palácio construído com grandes blocos de rubi. Todos a adoravam. Porém, a sua maior tristeza era a de não conseguir encontrar ninguém para amar de volta, já que todos os homens eram muito estúpidos e feios para fazer par com alguém tão bela e sábia. Mas ela por fim encontrou um garoto lindo, muito mais forte e sábio do que outros de sua idade. E Gayelette decidiu que, quando ele se tornasse um homem, seria o marido dela. Então, ela o levou para o seu palácio de rubi e usou todos os poderes mágicos para torná-lo tão forte, bondoso e amável como todas as mulheres gostam. Quando entrou na idade adulta, diziam que Quelala – era como ele se chamava – era o melhor e mais sábio homem de todo o território, enquanto a sua beleza masculina era tão grande que Gayelette o amou intensamente e se apressou para fazer todos os preparativos para o casamento.

"Naquela época, o meu avô era o Rei dos Macacos Alados, que moravam na floresta próxima ao palácio de Gayelette, e o velho gostava mais de uma travessura do que de um bom jantar. Um dia, logo antes do casamento, meu avô estava voando com o seu bando quando avistou Quelala caminhando ao longo do rio. Ele vestia um traje suntuoso de seda rosa e veludo roxo, e meu avô pensou no que faria. Ao seu comando, o bando voou e capturou Quelala, levou-o em seus braços até que estivessem no meio do rio, e depois o lançaram nas águas.

"– Nade, meu bom camarada – gritou o meu avô. – E veja se a água manchou as suas roupas.

"Quelala era muito sensato para não nadar, e a sua boa sorte não fez dele uma pessoa mimada. Apenas riu quando emergiu, e nadou até a margem. Mas quando Gayelette foi atrás dele, ela descobriu que as sedas e o veludo haviam sido arruinados pelo rio.

“A princesa ficou irada, e estava claro que ela sabia quem havia feito aquilo. Mandou trazerem todos os Macacos Alados diante dela e disse que as asas deles seriam amarradas e que seriam jogados no rio assim como fizeram com Quelala. Mas meu avô implorou muito para que ela não fizesse isso com eles, pois sabia que os macacos se afogariam no rio se estivessem com as asas amarradas. Quelala também veio em apoio deles, de modo que Gayelette finalmente os poupou, mas com uma condição: teriam sempre que atender a três pedidos daquele que possuísse o Chapéu Dourado. Tal chapéu havia sido feito como um presente de casamento para Quelala, e dizem que custou à princesa metade do seu reino. Claro que o meu avô e todos os outros Macacos concordaram de imediato com esta condição, e foi assim que acabamos sendo três vezes os escravos do detentor do Chapéu Dourado, seja lá quem for.

– E o que aconteceu com eles? – perguntou Dorothy, que estava muito interessada na história.

– Quelala, como primeiro detentor do Chapéu Dourado – respondeu o Macaco – foi o primeiro a impor desejos para nós. Como a sua noiva não suportava nos ver, ele chamou todos nós na floresta depois que se casou com ela e pediu para que não déssemos mais as caras, o que fizemos com prazer, pois tínhamos muito medo dela.

– Isso foi tudo o que tivemos de fazer até que o Chapéu Dourado foi parar nas mãos da Bruxa

Má do Oeste, que nos fez escravizar os Winkies, e depois nos fez afastar o próprio Oz da Terra do Oeste. Agora, o Chapéu Dourado é seu, e por três vezes você tem o direito de nos pedir algo.

Assim que o Macaco Alado terminou a sua história, Dorothy olhou para baixo e viu as paredes verdes e brilhantes da Cidade das Esmeraldas diante deles. Ficou espantada com a rapidez dos Macacos, mas estava feliz pelo fato de a viagem ter chegado ao fim. As estranhas criaturas pousaram com cuidado e deixaram os viajantes diante do portão da Cidade. O Rei fez uma reverência para Dorothy, e então saiu voando rapidamente para longe, acompanhado pelo seu bando.

– Essa foi uma boa carona – disse a garotinha.

– Sim, e um jeito rápido de escapar dos nossos problemas – respondeu o Leão. – Que sorte foi você ter trazido este maravilhoso Chapéu!

15.
Desvendando Oz, o Terrível

Os quatro viajantes andaram até o grande portão da Cidade das Esmeraldas e tocaram a campainha. Após tocarem muitas vezes, ele foi aberto pelo mesmo Guardião dos Portões que haviam encontrado da outra vez.

– O quê?! Vocês estão de volta novamente? – perguntou, surpreso.

– Você não nos vê? – respondeu o Espantalho.

– Mas achei que vocês tinham ido encontrar a Bruxa Má do Oeste.

– E nós a visitamos – disse o Espantalho.

– E ela os deixou ir embora? – perguntou o

homem, espantado.

– Ela não pôde fazer nada, pois derreteu – explicou o Espantalho.

– Derreteu! Bem, isso é uma boa notícia, realmente – disse o homem. – Quem a derreteu?

– Foi Dorothy – disse o Leão, bem sério.

– Que bênção! – exclamou o homem, que se curvou bastante diante dela.

Depois, ele os levou até o seu pequeno aposento e colocou os óculos que estavam na grande caixa em todos eles, assim como tinha feito antes. Em seguida, passaram pelo portão e entraram na Cidade das Esmeraldas. Quando as pessoas ouviram do Guardião dos Portões que Dorothy havia derretido a Bruxa do Oeste, todos se reuniram ao redor dos viajantes e os acompanharam em uma grande multidão até o Palácio de Oz.

O soldado de bigodes verdes ainda estava de guarda diante da porta, mas ele os deixou entrar imediatamente. Também foram mais uma vez recebidos pela linda garota verde, que os levou para os seus mesmos quartos de antes para que pudessem descansar até que o Grande Oz estivesse pronto para recebê-los.

O soldado havia levado a notícia de que Dorothy e os outros viajantes haviam retornado, depois de terem destruído a Bruxa Má, direto para Oz. No entanto, Oz nada comentou. Pensaram que o Grande Mágico mandaria chamá-los imediatamente, mas ele não os chamou. Também não ouviram nada dele no próximo dia, nem no próximo, nem no próximo. A espera era cansativa, e eles, por fim, ficaram irritados por Oz os tratar de maneira tão insatisfatória, depois de tê-los mandado passar por tantas dificuldades e servidão. Assim, o Espantalho enfim pediu para que a garota verde levasse outra mensagem para Oz, dizendo que, se ele não permitisse uma visita deles imediatamente, chamariam os Macacos Alados para ajudá-los a descobrir se ele cumpriria as suas promessas ou não. Quando o Mágico recebeu esta mensagem, ficou tão apavorado que mandou outro recado. Deveriam comparecer à Sala do Trono às nove horas e quatro minutos da manhã seguinte. Já havia se encontrado com os Macacos Alados na Terra do Oeste anteriormente, e não desejava encontrá-los mais uma vez.

Os quatro viajantes passaram a noite em claro, cada um pensando no presente que Oz havia prometido lhe conceder. Dorothy só conseguiu adormecer mais tarde, quando então sonhou que estava no Kansas e tia Em lhe contava como estava feliz em poder ter a garotinha em casa de novo.

Às nove em ponto da manhã seguinte, o soldado de bigodes verdes foi até eles, e, quatro minutos depois, foram todos para a Sala do Trono do Grande Oz.

Naturalmente, cada um deles esperava ver o

Mágico na forma que ele havia tomado antes, e todos estavam muito surpresos quando olharam em volta e não viram ninguém na sala. Eles ficaram por perto da porta e próximos uns aos outros, pois a quietude da sala vazia era mais assustadora do que qualquer uma das formas de Oz que haviam visto.

Naquele momento, ouviram uma voz solene, que parecia vir de algum lugar próximo ao topo do grande domo, e ela disse:

– Sou Oz, o Grande e Terrível. Por que me procuram?

Olharam mais uma vez por toda a sala, e depois, não vendo ninguém, Dorothy perguntou:

– Onde está o senhor?

– Estou em toda parte – respondeu a voz. – Mas aos olhos de meros mortais, sou invisível. Agora vou me sentar no meu trono, e vocês podem conversar comigo.

E, de fato, parecia que a voz vinha direto do trono. Eles então se encaminharam para ficarem diante dele e formaram uma fila, enquanto Dorothy dizia:

– Nós viemos atrás da nossa promessa, Oz.

– Que promessa? – perguntou Oz.

– O senhor prometeu me mandar de volta para o Kansas quando a Bruxa Má fosse destruída – disse a garota.

– E me prometeu um cérebro – disse o Espantalho.

– E me prometeu um coração – disse o Homem de Lata.

– E me prometeu coragem – disse o Leão Covarde.

– A Bruxa Má foi realmente destruída? – perguntou a voz, e Dorothy teve a impressão de que ela estava um pouco trêmula.

– Sim – respondeu ela. – Eu a derreti com um balde d'água.

– Pobre de mim – disse a voz. – Tão repentino! Bem, venham amanhã, pois preciso de um tempo para pensar sobre isso.

– Você já teve bastante tempo – disse o Homem de Lata, irritado.

– Não esperaremos um dia a mais – disse o Espantalho.

– Você deve honrar as suas promessas! – exclamou Dorothy.

O Leão achou melhor assustar o Mágico, então rugiu bem alto. Parecia tão feroz e terrível que Totó saltou para longe dele, assustado, e derrubou o biombo que estava em um canto. E o bimbo caiu com um estrondo. Então, quando olharam naquela direção, ficaram todos boquiabertos. Pois viram, parado bem no lugar que o biombo escondia, um velhinho, careca e com rosto enrugado, e que parecia tão espantado quanto eles. O Homem de Lata, erguendo o machado, correu em direção ao homenzinho e gritou:

– Quem é você?

– Sou Oz, o Grande e Terrível – disse o homenzinho, com voz trêmula. – Mas não me mate, por favor, não me mate. Eu farei qualquer coisa que me pedirem.

Nossos amigos olharam surpresos e assombrados para ele.

– Achei que Oz era uma grande cabeça – disse Dorothy.

– E eu achei que Oz fosse uma jovem encantadora – disse o Espantalho.

– E eu achei que Oz fosse uma fera terrível – disse o Homem de Lata.

– E eu achei que Oz fosse uma bola de fogo! – exclamou o Leão.

– Não, vocês estão todos errados – disse o homenzinho, resignadamente. – Eu só fiz de conta.

– Fez de conta! – exclamou Dorothy. – Você não

é um Grande Mágico?

– Silêncio, minha querida – disse ele. – Não fale tão alto, ou você será ouvida – e eu acabaria arruinado. Eu deveria ser um Grande Mágico.

– E o senhor não é? – perguntou ela.

– Nem um pouco, minha querida. Sou apenas um homem comum.

– O senhor é mais do que isso – disse o Espantalho, em tom pesaroso. – O senhor é uma farsa.

– Exatamente! – declarou o homenzinho, esfregando as mãos como se aquilo o agradasse. – Sou uma farsa.

– Mas isso é terrível – disse o Homem de Lata. – Como irei conseguir o meu coração?

– Ou eu a minha coragem? – perguntou o Leão.

– Ou eu um cérebro? – lamentou o Espantalho, secando as lágrimas dos olhos com a manga do agasalho.

– Meus queridos amigos – disse Oz. – Imploro para que não falemos dessas bobagens. Pensem em mim, e a tremenda dificuldade pela qual passarei se me descobrirem.

– Ninguém sabe que o senhor é uma farsa? – perguntou Dorothy.

– Ninguém sabe, a não ser vocês quatro e eu mesmo – respondeu Oz. – Eu enganei a todos por tanto tempo que achei que nunca seria descoberto. Foi um grave erro tê-los deixado entrar na Sala do Trono. Geralmente não vejo nem mesmo os meus súditos, e assim eles acreditam que sou algo terrível.

– Mas eu não entendo – disse Dorothy, perplexa. – Como foi que pra mim você apareceu como uma cabeça grande?

– Este era um dos meus truques – respondeu Oz. – Venham por aqui, por favor, e eu lhes contarei tudo.

Ele foi até uma pequena câmara nos fundos da Sala do Trono, e todos o acompanharam. Ele apontou para um canto, no qual estava a grande cabeça, feita de muitas camadas de papel e com um rosto cuidadosamente pintado.

– Eu a prendi no teto com um fio, fiquei por trás do biombo e puxei um fio, para movimentar os olhos e abrir a boca – disse Oz.

– Mas e a voz? – perguntou ela.

– Ah, eu sou ventríloquo – disse o homenzinho. – Posso projetar o som da minha voz para onde eu quiser. Por isso você pensou que estava saindo da cabeça. Aqui estão as outras coisas que usei para enganar vocês.

Ele mostrou ao Espantalho o vestido e a máscara que havia usado quando apareceu como a encantadora jovem. E o Homem de Lata viu que o terrível monstro não passava de um monte de peles, costuradas todas juntas, com algumas ripas para manter tudo em pé. Quanto à bola de fogo, o falso Mágico também a havia pendurado no teto: era, na verdade, uma bola de algodão, mas, quando jogavam óleo sobre ela, a bola queimava intensamente.

– Realmente – disse o Espantalho. – Você deveria ter vergonha de si mesmo por ser uma farsa.

– Eu-eu realmente tenho – respondeu o homenzinho, lamentando-se. – Mas era a única coisa que eu podia fazer. Sentem-se, por favor, há cadeiras o suficiente, e lhes contarei a minha história.

Sentaram-se, portanto, e ouviram enquanto ele contava a seguinte história.

– Eu nasci em Omaha...

– Ora, não é longe do Kansas – exclamou Dorothy.

– Não, mas é ainda mais longe daqui – ele

disse, balançando a cabeça para ela com tristeza. – Quando cresci, eu me tornei um ventríloquo, e fui muito bem treinado por um grande mestre. Consigo imitar qualquer tipo de pássaro ou animal.

Oz imitou um miado que era tão parecido com o de um gatinho que Totó levantou as orelhas e olhou para todos os cantos, para ver onde estava.

– Depois de um tempo – continuou Oz – cansei disso e me tornei um balonista.

– O que é isso? – perguntou Dorothy.

– Um homem que voa de balão em dia de circo, para atrair a multidão e fazer as pessoas comprarem ingressos para o circo – explicou ele.

– Ah, sei – disse ela.

– Bem, um dia eu subi com um balão e as cordas se retorceram, de modo que não consegui descer de novo. Ele subiu acima das nuvens, tão alto que uma corrente de ar o atingiu e o levou para muito, muito longe. Por um dia e uma noite me desloquei pelos ares e, na manhã do segundo dia, acordei e descobri que o balão estava flutuando sobre uma região estranha e bonita.

"Ele foi descendo aos poucos, e eu não me machuquei nem um pouco. Mas acabei parando no meio de umas pessoas estranhas, que, tendo me visto vindo das nuvens, pensaram que eu era um grande Mágico. E, claro, deixei que assim pensassem, porque tinham medo de mim, e me prometeram fazer tudo que eu quisesse.

"Apenas para me divertir, e para manter as

pessoas ocupadas, eu mandei que construíssem esta Cidade e o meu Palácio. E fizeram tudo de boa vontade e muito bem. Então pensei: como a terra era tão verde e bonita, eu a chamaria de Cidade das Esmeraldas; e para que o nome combinasse ainda mais, mandei todos usarem óculos verdes, para que tudo o que vissem fosse verde.

– Mas não é tudo verde aqui? – perguntou Dorothy.

– Não mais do que em qualquer outra cidade – respondeu Oz. – Porém, quando você usa óculos verdes, ora, é claro que tudo o que você vê parece verde. A Cidade das Esmeraldas foi construída muitos anos atrás, pois eu era um rapaz quando o balão aqui me trouxe. Agora já estou muito velho. Mas o meu povo usou óculos verdes por tanto tempo que a maioria deles realmente acha que é uma cidade de esmeraldas. E é realmente um lindo lugar, cheio de joias e metais preciosos, e todas as coisas boas que são necessárias para fazer alguém feliz. Tenho sido bom para o povo, e eles gostam de mim; mas, desde que este Palácio foi construído, eu me tranquei e não quero ver nenhum deles.

"Um dos meus maiores medos eram as Bruxas. Apesar de eu não ter poder mágico algum, logo descobri que as Bruxas tinham e eram realmente capazes de fazer coisas deslumbrantes. Havia quatro delas neste território, e elas governavam o povo que vivia no Norte, Sul, Leste e Oeste. Por sorte, as Bruxas do Norte e do Sul eram boas, e eu sabia que elas não me fariam mal algum. Mas as Bruxas do Leste e do Oeste eram terrivelmente perversas e, se não achassem que eu era mais poderoso do que elas, com certeza teriam me destruído. Assim, vivi com muito medo delas por muitos anos. Então você pode imaginar o quanto fiquei feliz quando soube que sua casa caiu sobre a Bruxa Má do Leste. Quando você me procurou, eu estava disposto a prometer qualquer coisa, se você acabasse com a outra Bruxa. Mas, agora que você a derreteu, receio dizer que não posso cumprir minhas promessas.

– Acho que você é um homem muito mal – disse Dorothy.

– Ah, não, querida. Na verdade, sou um homem muito bom, mas admito que sou um péssimo Mágico.

– O senhor não pode me dar um cérebro? – perguntou o Espantalho.

– Você não precisa de um. Você está aprendendo algo novo todos os dias. Um bebê tem cérebro, mas não sabe de muita coisa. Experiência é a única coisa que traz conhecimento, e, quanto mais tempo você estiver na terra, mais experiência você conseguirá com certeza.

– Isso tudo pode ser verdade – disse o Espantalho –, mas ficarei muito infeliz, a não ser que você me dê um cérebro.

O falso Mágico olhou para ele atentamente.

– Bem – disse ele, suspirando –, como eu disse,

não sou um mágico, mas, se você vier me procurar amanhã de manhã, vou colocar um cérebro na sua cabeça. Não posso lhe dizer como usá-lo, porém. Você mesmo deve descobrir.

– Ah, obrigado, obrigado! – exclamou o Espantalho. – Vou descobrir como usá-lo, não tenha medo!

– Mas e quanto a minha coragem? – perguntou o Leão, ansioso.

– Você tem muita coragem, tenho certeza – respondeu Oz. – Tudo o que você precisa é de confiança em si mesmo. Não há nenhum ser vivo que não tenha medo quando se depara com o perigo. A verdadeira coragem está em encarar o perigo quando você está com medo, e esse tipo de coragem você tem muita.

– Talvez eu tenha, mas fico com medo do mesmo jeito – disse o Leão. – Ficarei muito infeliz, a não ser que você me dê algum tipo de coragem que faça a gente se esquecer de que tem medo.

– Muito bem. Eu lhe darei esse tipo de coragem amanhã – respondeu Oz.

– E quanto ao meu coração? – perguntou o Homem de Lata.

– Ora, acho que você está errado em querer um coração. Ele deixa a maioria das pessoas infelizes. Se você soubesse! Você tem sorte é de não ter um coração – respondeu Oz.

– Isso deve ser uma questão de opinião – disse

o Homem de Lata. – Por mim, suportarei toda a infelicidade sem dar um suspiro sequer, se você me der o coração.

– Muito bem – respondeu Oz placidamente. – Me procure amanhã e você terá um coração. Fingi ser um Mágico por tantos anos que posso muito bem continuar nesse papel mais um pouco.

Até que Dorothy perguntou:

– E agora, como voltarei pro Kansas?

– Teremos que pensar nisso – respondeu o homenzinho. – Me dê dois ou três dias para pensar no assunto e vou tentar encontrar um jeito de levá-la pelo deserto. Enquanto isso, todos vocês serão os meus convidados, e, enquanto estiverem no Palácio, meus súditos os servirão e atenderão a qualquer desejo que tiverem. Peço apenas uma coisa em troca de minha ajuda. Vocês devem manter em segredo o que viram aqui e não podem dizer a ninguém que sou uma farsa.

Eles concordaram em não dizer nada do que haviam presenciado, e voltaram para os seus quartos muito animados. Até mesmo Dorothy tinha esperança de que "O Grande e Terrível Farsante", como ela o chamava, encontraria um jeito de mandá-la de volta para o Kansas e, se ele assim o fizesse, estava disposta a perdoá-lo por tudo.

16.
A magia do Grande Farsante

Na manhã seguinte, o Espantalho disse para os amigos:

– Podem me dar os parabéns. Estou indo encontrar Oz para pegar o meu cérebro finalmente. Quando eu voltar, serei como os outros homens são.

– Sempre gostei de você do jeito que você sempre foi – disse Dorothy simplesmente.

– É gentileza sua gostar de um Espantalho – respondeu ele. – Mas você com certeza gostará mais de mim quando ouvir os pensamentos esplêndidos que o meu novo cérebro produzirá – Despediu-se de todos com voz alegre. Prosseguiu até a Sala do Trono e bateu à porta.

– Entre – disse Oz.

O Espantalho entrou e encontrou o homenzinho sentado junto à janela, perdido em seus próprios pensamentos.

– Vim buscar o meu cérebro – observou o Espantalho, um pouco apreensivo.

– Ah, sim. Sente-se naquela cadeira, por favor – respondeu Oz. – Você me desculpe por ter que tirar a sua cabeça, mas tenho de fazer isso para poder colocar o cérebro no lugar apropriado.

– Tudo bem – disse o Espantalho. – Você tem toda a liberdade para tirar a minha cabeça, contanto que a substitua por uma melhor.

O Mágico então soltou a cabeça e tirou toda a palha. Depois, entrou na sala dos fundos e pegou um punhado de folhas, as quais misturou com uma boa quantidade de alfinetes e agulhas. Após sacudi-los exaustivamente, encheu a parte superior da cabeça do Espantalho com a mistura e completou o restante do espaço com palha, para manter tudo no lugar.

Quando prendeu a cabeça do Espantalho ao corpo novamente, disse a ele:

– De agora em diante você será um grande homem, pois eu lhe dei um cérebro novinho em folha.

O Espantalho ficou satisfeito e orgulhoso pela realização do seu maior desejo. Agradeceu muito a Oz e voltou para os amigos.

Dorothy olhou para ele com curiosidade. A cabeça dele estava bem inchada por causa do cérebro.

– Como você se sente? – perguntou ela.

– Eu me sinto realmente sábio – respondeu ele com seriedade. – Quando eu me acostumar com o meu cérebro, saberei tudo.

– Por que essas agulhas e alfinetes estão brotando da sua cabeça? – perguntou o Homem de Lata.

– Esta é a comprovação de que ele tem uma inteligência afiada – observou o Leão.

– Bem, preciso ir até Oz para conseguir o meu coração – disse o Homem de Lata, que prosseguiu para a Sala do Trono e bateu à porta.

– Entre – chamou Oz.

O Homem de Lata entrou e disse:

– Vim buscar meu coração.

– Muito bem – respondeu o homenzinho. – Mas terei de abrir um buraco no seu peito, para que eu consiga colocar o seu coração no lugar certo. Espero que não doa.

– Ah, não – respondeu o Homem de Lata. – Não sentirei nada.

Assim, Oz trouxe uma cisalha e abriu um buraquinho quadrado no lado esquerdo do peito do Homem de Lata. Depois, foi até uma cômoda e tirou de lá um belo coração, feito inteiramente de seda e preenchido com serragem.

– Não é bonito? – perguntou.

– Sim, é muito bonito! – respondeu o Homem de Lata, que se sentia muito satisfeito. – Mas é um coração bondoso?

– Ah, muito! – respondeu Oz.

Colocou o coração no peito do Homem de Lata e depois colocou de volta o pedaço de lata, soldando-o bem no mesmo lugar.

– Pronto – disse ele. – Agora você tem um coração que deixaria qualquer homem com orgulho. Peço desculpas por ter feito um remendo no seu peito, mas realmente não teve jeito.

– Não se preocupe com o remendo – exclamou o alegre Homem de Lata. – Fico muito feliz e sou grato a você. Nunca me esquecerei da sua bondade.

– Não há de quê – respondeu Oz.

O Homem de Lata então voltou para os amigos, que lhe desejaram toda a alegria do mundo em razão de sua boa sorte.

Depois, foi a vez do Leão se encaminhar para a Sala do Trono. Chegando lá, bateu à porta.

– Entre – disse Oz.

– Eu vim em busca da minha coragem – anunciou o Leão, entrando na sala.

– Muito bem – respondeu o homenzinho. – Vou pegá-la para você.

Ele foi até um armário e de uma prateleira alta tirou uma garrafa verde e quadrada da qual verteu um líquido em um prato verde e dourado, belamente esculpido. Colocou então o prato diante do Leão Covarde, que o cheirou como se não tivesse gostado.

– Beba – disse o Mágico.

– O que é isto? – perguntou o Leão.

– Bem – respondeu Oz –, se estivesse dentro de você, seria a coragem. Você sabe, naturalmente, que a coragem está sempre dentro de você. Então essa bebida não pode ser realmente chamada de coragem até que você a tenha engolido. Por isso, eu aconselho que você beba o quanto antes.

O Leão não hesitou mais e bebeu até que o prato estivesse vazio.

– Como você se sente agora? – perguntou Oz.

– Cheio de coragem – respondeu o Leão, que voltou radiante para os amigos e lhes contou a novidade boa.

Oz, ao ficar sozinho, sorriu ao pensar no sucesso de seu plano. Tinha dado ao Espantalho, ao Homem de Lata e ao Leão exatamente o que eles queriam.

– Como posso deixar de ser um farsante – disse ele –, quando todos me obrigam a fazer coisas que sabem que são impossíveis de serem feitas? Foi fácil deixar o Espantalho, o Leão e o Homem de Lata felizes, porque eles imaginavam que eu poderia fazer qualquer coisa. Mas será preciso mais do que imaginação para levar Dorothy de volta ao Kansas, e tenho certeza de que não sei como isso pode ser feito.

17.

Como o balão subiu

Por três dias Dorothy não teve notícias de Oz. Aqueles foram dias tristes para a garotinha, embora seus amigos estivessem todos muito felizes e contentes. O Espantalho contou para eles que havia pensamentos maravilhosos em sua cabeça, mas ele não falava sobre o que eram eles, porque sabia que ninguém poderia entendê-los a não ser ele mesmo. O Homem de Lata, quando andava, sentia o coração batendo em seu peito, e disse a Dorothy que aquele coração era mais bondoso e sensível do que aquele que possuía quando ainda era de carne e osso. E o Leão afirmou que já não tinha mais medo de nada, e que enfrentaria com prazer um exército ou uma dúzia de Kalidahs ferozes.

Assim, cada um do grupo estava satisfeito, exceto Dorothy, que desejava mais do que nunca voltar para o Kansas.

No quarto dia, para sua grande alegria, Oz mandou chamá-la. E, quando ela entrou na Sala do Trono, ele a recebeu muito animado:

– Sente-se, minha querida. Acho que encontrei um jeito de tirá-la deste lugar.

– De volta pro Kansas? – perguntou ela, ansiosa.

– Bem, não tenho certeza em relação ao Kansas – disse Oz –, pois não tenho a menor ideia de onde fica. Mas a primeira coisa a se fazer é atravessar o deserto, e aí seria fácil encontrar o caminho de volta.

– Como posso atravessar o deserto? – perguntou ela.

– Bem, vou dizer o que penso – disse o homenzinho. – Como você sabe, quando cheguei a este território, foi em um balão. Você também veio pelos ares, sendo carregada por um ciclone. Então, acredito que a melhor forma de atravessar o deserto será pelo ar. Agora, está muito além dos meus poderes fazer um ciclone, mas estive pensando no assunto, e acredito que posso construir um balão.

– Como? – Perguntou Dorothy.

E Oz continuou:

– Um balão é feito de seda, que por sua vez é revestida com cola para manter o gás preso por dentro. Tenho bastante seda no Palácio, então não será problema fazer um balão. Porém, não tem gás em nenhum lugar por aqui para encher o balão e fazê-lo flutuar.

– Se não flutuar – observou Dorothy – não vai servir pra nada.

– Verdade – respondeu Oz. – Mas há um outro jeito de fazê-lo flutuar, que é enchê-lo com ar quente. Ar quente não é tão bom quanto gás, porque, se o ar ficar gelado, o balão vai acabar caindo no deserto, e então estaríamos perdidos.

– Nós! – exclamou a garota. – O senhor vai comigo?

– Sim, claro – respondeu Oz. – Estou cansado de ser uma farsa. Se eu saísse deste Palácio, o meu povo logo descobriria que não sou um Mágico, e todos acabariam ficando irritados comigo por tê-los enganado. Então tenho de ficar trancafiado nestes aposentos o dia todo, e é muito cansativo. Eu prefiro voltar para o Kansas com você e estar em um circo de novo.

– Ficarei feliz em ter a sua companhia – disse Dorothy.

– Obrigado – respondeu ele. – Agora, se você me ajudar a costurar a seda, vamos começar a trabalhar no nosso balão.

Dorothy pegou então agulha e linha. E, tão rápido quanto Oz cortava as tiras de seda, a garota ia costurando umas nas outras. Primeiro, vinha uma tira na cor verde-clara, depois uma tira de verde-escuro e depois uma tira de verde-esmeralda, pois Oz queria fazer o balão em diferentes tons da cor que os cercava. Levaram três dias para costurarem todas as tiras juntas, mas, quando estava pronto, tinham uma grande bolsa de seda verde medindo mais de seis metros.

Então, Oz passou uma camada de cola fina por dentro, para deixá-lo impermeável, e depois anunciou que o balão estava pronto.

– Mas precisamos de um cesto para podermos fazer a viagem – disse ele.

Assim, mandou o soldado de bigodes verdes trazer um grande cesto de roupas, o qual ele amarrou com muitas cordas à parte de baixo do balão.

Quando estava tudo pronto, Oz comunicou ao seu povo que ele estava partindo para visitar um grande Mágico irmão que morava nas nuvens. A notícia se espalhou rapidamente pela cidade e todos foram ver o magnífico espetáculo.

Oz mandou que o balão fosse levado para a frente do Palácio, e todos o olharam com muita curiosidade. O Homem de Lata cortara uma grande pilha de madeira, e tinha acabado de acender uma fogueira com ela. Oz segurou a parte de baixo do balão sobre o fogo para que o ar quente que saía dele enchesse a bolsa de seda. Pouco a pouco, o balão se encheu e se elevou, fazendo com que a cesta quase não encostasse mais no chão.

Então, Oz entrou na cesta e disse para todos em voz alta:

– Estou agora partindo para fazer uma visita.

Enquanto eu estiver ausente, o Espantalho ficará no comando. Obedeçam a ele como obedecem a mim.

Àquela altura, o balão já estava puxando com muita força a corda que o segurava ao chão, pois o ar dentro dele estava quente, e isso o deixava muito mais leve do que o ar em seu exterior. O balão estava prestes a subir aos céus.

– Venha, Dorothy! – gritou o Mágico. – Rápido, ou o balão vai embora.

– Não consigo encontrar o Totó em lugar nenhum – respondeu Dorothy, que não queria deixar o cãozinho para trás. Totó havia corrido entre a multidão atrás de um gatinho, até que Dorothy finalmente o encontrou. Ela o pegou e correu em direção ao balão.

Estava a apenas alguns passos dele, e Oz tinha os braços esticados para ajudá-la a subir no cesto, quando então, craaac! As cordas se arrebentaram e o balão se elevou pelos ares sem ela.

– Volta! – gritou ela. – Eu quero ir também!

– Não consigo voltar, querida – Oz gritou da cesta. – Adeus!

– Adeus – todos gritaram enquanto olhavam para cima, onde o Mágico se encontrava, elevando-se cada vez mais para longe no céu.

E aquela foi a última vez que viram Oz, o Maravilhoso Mágico, embora que ele possa ter chegado a Omaha em segurança, e estar lá agora, pelo que sabemos. Mas todos se lembravam dele com carinho e diziam uns aos outros:

– Oz sempre foi nosso amigo. Quando estava aqui, construiu para nós esta linda cidade de esmeraldas e, agora que partiu, deixou o Sábio Espantalho para nos governar.

Ainda assim, lamentaram por muitos dias a perda do Maravilhoso Mágico e não se conformavam.

18.
Rumo ao Sul

Dorothy chorou amargamente quando perdeu as esperanças de voltar para a sua casa no Kansas. Mas, quando pensava em tudo, ficou feliz por não ter voado de balão. E também ficou triste por perder Oz, assim como os seus companheiros.

O Homem de Lata se dirigiu a ela e disse:

– Realmente seria uma ingratidão se eu não chorasse pelo homem que me deu meu amável coração. Gostaria de chorar um pouco pela partida de Oz. Será que você não poderia fazer a gentileza de enxugar minhas lágrimas, para que eu não enferruje?

– Com todo prazer – respondeu ela e imediatamente foi buscar uma toalha. O Homem de Lata então chorou por vários minutos, e a garota ia secando com a toalha cada lágrima cuidadosamente. Quando terminou de chorar, ele lhe agradeceu e passou o óleo da lata cravejada com joias no corpo inteiro, para evitar qualquer problema.

O Espantalho agora era o governante da Cidade das Esmeraldas e, embora não fosse um Mágico, as pessoas tinham orgulho dele e diziam:

– Pois não há nenhuma outra cidade no mundo que seja governada por um espantalho.

E, até onde sabiam, estavam corretos.

Na manhã depois que o balão havia levado Oz embora, os quatro viajantes se encontraram na Sala do Trono e conversaram sobre alguns assuntos. O Espantalho se sentou no grande trono e os outros se colocaram de forma respeitosa diante dele.

– Não somos tão azarados assim – disse o novo governante –, porque este Palácio e a Cidade das Esmeraldas agora nos pertencem, e podemos fazer o que quisermos. Quando me lembro que até pouco tempo atrás eu estava pendurado numa estaca no meio de um milharal, e que agora sou o governante desta linda cidade, fico muito satisfeito com a minha sorte.

– Eu também estou bem satisfeito com o meu novo coração. E essa era realmente a única coisa que eu mais desejava – disse o Homem de Lata.

– Quanto a mim, fico contente em saber que sou tão corajoso quanto qualquer animal que já existiu, se não mais corajoso – disse o Leão com modéstia.

– Se Dorothy ao menos ficasse contente em viver na Cidade das Esmeraldas – continuou o Espantalho –, poderíamos ficar felizes juntos.

– Mas eu não quero viver aqui – exclamou Dorothy. – Eu quero ir pro Kansas, e morar com a tia Em e o tio Henry.

– Bem, então, o que podemos fazer? – perguntou o Homem de Lata.

O Espantalho decidiu pensar, e pensou tanto que os alfinetes e as agulhas começaram a despontar da sua cabeça. Por fim, disse:

– Por que não chamamos os Macacos Alados e não pedimos para que eles levem você pelo deserto?

– Eu nunca tinha pensado nisso! – disse Dorothy com alegria. – É isso. Vou agora mesmo pegar Chapéu Dourado.

Quando a trouxe para a Sala do Trono, ela falou as palavras mágicas e logo o bando de Macacos Alados entraram voando pela janela aberta e pararam ao seu lado.

– Esta é a segunda vez que você nos chama – disse o Macaco Rei, que se curvou diante da garotinha. – O que você deseja?

– Quero que vocês me levem até o Kansas – disse Dorothy.

Mas o Macaco Rei balançou a cabeça.

– Isso não será possível – disse ele. – Pertencemos somente a este território e não podemos sair dele. Nunca nenhum Macaco Alado esteve no Kansas, e creio que nunca estará, pois eles não pertencem àquele lugar. Ficaremos felizes em podermos lhe ajudar de qualquer forma que esteja ao nosso alcance, mas não podemos cruzar o deserto. Adeus.

E, com outra reverência, o Macaco Rei abriu asas e voou pela janela, indo embora, junto com o seu bando.

Dorothy estava prestes a chorar de frustração.

– Eu gastei o encantamento do Chapéu Dourado em vão – disse ela – pois os Macacos Alados não podem me ajudar.

– Isso é realmente péssimo! – disse o bondoso Homem de Lata.

O Espantalho estava pensando novamente, e a sua cabeça estava tão inchada que Dorothy temia que ela explodisse.

– Vamos chamar o soldado de bigodes verdes – disse ele. – E lhe pedir um conselho.

O soldado foi então convocado e entrou timidamente na Sala do Trono, uma vez que a sua entrada além da porta nunca havia sido permitida enquanto Oz estava vivo.

– Esta garotinha quer atravessar o deserto. Como ela pode fazê-lo? – perguntou o Espantalho ao soldado.

– Não sei dizer – respondeu o soldado –, porque ninguém nunca cruzou o deserto, a não ser o próprio Oz.

– Não há ninguém que possa me ajudar? – perguntou Dorothy com insistência.

– Pode ser que Glinda consiga ajudá-la – sugeriu ele.

– Quem é Glinda? – perguntou o Espantalho.

– A Bruxa do Sul. Ela é a mais poderosa de todas as Bruxas, e governa os Quadlings. Além disso, o castelo dela fica na beira do deserto, então pode ser que ela saiba de algum caminho para atravessá-lo.

– Glinda é uma Bruxa Boa, não é? – perguntou a criança.

– Os Quadlings acham que ela é boa – disse o soldado. – E ela é gentil com todos. Ouvi dizer que Glinda é uma linda mulher, que sabe como se manter jovem apesar dos muitos anos que já viveu.

– Como posso chegar até o castelo dela? – perguntou Dorothy.

– A estrada vai direto para o Sul – respondeu ele. – Mas dizem que guarda muitos perigos para os viajantes. Há animais selvagens nos bosques e uma raça de homens excêntricos que não gostam que estranhos cruzem o seu território. Por isso, nenhum dos Quadlings vem à Cidade das Esmeraldas.

O soldado então os deixou e o Espantalho disse:

– Me parece, apesar dos perigos, que a melhor coisa que Dorothy pode fazer é viajar para a Terra do Sul e pedir a ajuda de Glinda. Porque, claro, se Dorothy continuar aqui, nunca voltará para o Kansas.

– Você deve ter pensado novamente – observou o Homem de Lata.

– Sim – disse o Espantalho.

– Eu vou com a Dorothy – declarou o Leão – porque estou cansado da cidade e sinto falta dos bosques e do campo. Eu realmente sou um animal selvagem, entendem? Além disso, Dorothy precisará de alguém para protegê-la.

– Isso é verdade – concordou o Homem de Lata. – Meu machado pode ser de grande serventia para ela. Então, também irei junto para a Terra do Sul.

– Quando partiremos? – perguntou o Espantalho.

– Você vai? – perguntaram surpresos.

– Claro. Se não fosse por Dorothy, eu nunca teria um cérebro. Ela me tirou daquela estaca no milharal e me trouxe para a Cidade das Esmeraldas. E por isso lhe devo tudo o que consegui e, enquanto ela não voltar de vez para o Kansas, nunca a abandonarei.

– Obrigada – disse Dorothy, agradecida. – Vocês são todos tão gentis comigo! Mas eu gostaria de partir o quanto antes possível.

– Nós iremos amanhã de manhã – respondeu o Espantalho. – Então, vamos todos nos preparar agora, pois será uma longa jornada.

19.
Atacados pelas Árvores Guardiãs

Na manhã seguinte, Dorothy se despediu da linda garota verde com um beijo, todos cumprimentaram com apertos de mãos o soldado de bigodes verdes, que os tinha acompanhado até o portão. Quando o Guardião do Portão os viu novamente, ficou se perguntando por que estavam deixando para trás uma cidade tão linda como aquela para se meterem em confusões. Mas destravou de vez os óculos que usavam e os guardou de volta na caixa verde. E, por fim, desejou boa sorte a todos, dirigindo-se ao Espantalho:

– Agora você é o nosso governador e, por isso, deve voltar para nós assim que possível.

– Certamente voltarei se eu conseguir – respondeu o Espantalho. – Mas antes preciso ajudar Dorothy a voltar para a casa dela.

Enquanto Dorothy se despedia do bondoso Guardião pela última vez, ela disse:

– Fui muito bem tratada na sua bela Cidade, e todos foram bons comigo. Não tenho palavras para dizer o quão grata estou.

– Não precisa agradecer, minha querida – respondeu ele. – Gostaríamos que ficasse conosco, mas, se o seu desejo é voltar para o Kansas, espero que encontre o seu caminho.

Ele então abriu o portão da muralha externa, e o grupo começou a sua nova jornada.

O sol radiava intenso enquanto nossos amigos seguiam em direção à Terra do Sul. Estavam com o melhor dos humores, riam e conversavam uns com os outros. Dorothy estava mais uma vez cheia de esperança para voltar para casa, e o Espantalho e o Homem de Lata estavam contentes por poderem ajudá-la. Quanto ao Leão, aspirava com satisfação o ar fresco e balançava a cauda para lá e para cá, com alegria pura, por poder estar no campo novamente. E, enquanto isso, Totó corria em volta deles, caçando mariposas e borboletas, latindo alegremente o tempo todo.

– A vida na cidade não me agrada de maneira alguma – observou o Leão, enquanto caminhavam em ritmo acelerado. – Perdi muito peso desde que fiquei lá, e agora estou ansioso para ter a chance de mostrar aos outros animais o quanto me tornei corajoso.

Viraram-se e deram uma última olhada na Cidade das Esmeraldas. Tudo o que podiam ver era um aglomerado de torres e campanários por trás das muralhas verdes, e, acima de todo o resto, os pináculos e a abóbada do Palácio de Oz.

– Oz não era um Mágico tão ruim assim, afinal – disse o Homem de Lata, enquanto sentia seu coração batendo no peito.

– Ele soube como me arranjar um cérebro, e um cérebro muito bom, aliás – disse o Espantalho.

– Se Oz tivesse usado uma dose da mesma coragem que me deu – acrescentou o Leão –, ele teria sido um homem corajoso.

Dorothy nada disse. Oz não havia cumprido o que lhe prometera. No entanto, ela o perdoou, pois sabia que ele tinha dado o seu melhor. E, como ele mesmo havia dito, era um homem bom, mesmo sendo um péssimo Mágico.

O primeiro dia da viagem foi entre campos verdejantes e flores alegres que se espalhavam em volta da Cidade das Esmeraldas. Naquela noite, dormiram sobre o relvado, com nada a não ser as estrelas acima deles – e descansaram muito bem.

Pela manhã, prosseguiram viagem até que se depararam com a mata cerrada. Não havia nenhum outro caminho para contorná-la, pois parecia se estender à direita e à esquerda até onde a vista alcançava, e, além disso, não ousavam mudar a direção de sua viagem por medo de se perderem. Portanto, procuraram pelo lugar onde seria mais fácil de entrar na floresta.

O Espantalho, que estava na vanguarda, encontrou finalmente uma grande árvore com uma copa tão larga que havia espaço o suficiente para o grupo passar por baixo dela. Ele então caminhou em direção à árvore, mas, assim que estava embaixo dos primeiros galhos, estes se inclinaram e o entrelaçaram. Em seguida, foi erguido do chão e lançado de cabeça entre seus companheiros de viagem.

Aquilo não machucou o Espantalho, mas o pegou desprevenido, e ele parecia bastante atordoado quando Dorothy o levantou.

– Aqui há um outro espaço entre as árvores – disse o Leão.

– Deixe-me ir antes – disse o Espantalho –, pois não me machuco quando sou arremessado. Caminhou até uma outra árvore, enquanto falava, mas os galhos dela imediatamente o capturaram e o arremessaram para longe novamente.

– Que estranho – exclamou Dorothy. – O que faremos?

– Parece que as árvores decidiram lutar contra a gente e impedir a nossa viagem – observou o Leão.

– Agora é a minha vez de tentar – disse o Homem de Lata, que marchou com o machado no ombro até a primeira árvore que havia tratado o Espantalho de forma tão bruta. Quando um galho se inclinou para capturá-lo, o Homem de Lata o golpeou com tanta violência que o partiu em dois. De repente, a árvore começou a chacoalhar todos os galhos como se estivesse sentindo dor, e o Homem de Lata passou por baixo dela em segurança.

– Vamos! – gritou para os outros. – Sejam rápidos!

Todos avançaram correndo e passaram por baixo da árvore sem sofrer nenhum dano, com exceção de Totó, que havia sido capturado por um galhinho e sacudido até uivar. Mas o Homem de Lata prontamente cortou o galho e libertou o cãozinho.

As outras árvores da floresta nada fizeram para impedi-los, então concluíram que apenas a primeira fileira de árvores podia inclinar os galhos, e que provavelmente eram as guardiãs da floresta, que tinham aquele poder extraordinário para impedir a entrada de forasteiros.

Os quatro viajantes caminharam com facilidade pelas árvores até que chegaram à outra ponta da floresta. Então, para a surpresa de todos, acabaram se deparando com um grande muro que parecia ser feito de porcelana branca. Era liso como a superfície de um prato, e era mais alto que suas cabeças.

– O que faremos agora? – perguntou Dorothy.

– Vou fazer uma escada – disse o Homem de Lata –, pois, sem dúvidas, teremos que passa por cima do muro.

20.
A delicada Cidade de Porcelana

Enquanto o Homem de Lata construía a escada com madeira que havia encontrado na floresta, Dorothy se deitou e dormiu, pois estava cansada da longa caminhada. O Leão também se encolheu para dormir e Totó se deitou ao lado dele.

O Espantalho observava o Homem de Lata enquanto este trabalhava, e lhe disse:

– Não consigo pensar no porquê de este muro existir aqui, e nem do que ele é feito.

– Descanse a cabeça e não se preocupe com o muro – respondeu o Homem de Lata. – Quando tivermos passado por ele, saberemos o que está do outro lado.

Depois de um tempo, a escada estava pronta. Parecia grosseira, mas o Homem de Lata tinha certeza de que ela era forte e serviria bem aos seus propósitos. O Espantalho acordou Dorothy, o Leão e Totó, e lhes contou que a escada estava pronta.

O Espantalho subiu pela escada primeiro, mas de um jeito tão esquisito que Dorothy teve de acompanhá-lo de perto para impedir que ele caísse. Quando chegou até o topo do muro, o Espantalho disse:

– Meu Deus!

– Vamos lá – exclamou Dorothy.

Então, o Espantalho se ergueu e se sentou no topo do muro, e Dorothy, assim que elevou a cabeça acima do muro, assim como o Espantalho, também exclamou:

– Meu Deus!

Depois Totó subiu e começou a latir de imediato, mas Dorothy o fez se acalmar.

O Leão subiu a escada em seguida, e o Homem de Lata foi por último. E os dois, logo que olharam para além do muro também exclamaram:

– Meu Deus!

Quando estavam todos sentados em fileira no topo do muro, olharam para baixo e viram algo estranho.

Diante deles havia uma grande extensão de

terra com piso liso, brilhante e branco como o fundo de uma grande travessa. E nela havia diversas casas feitas inteiramente de porcelana, e pintadas com cores muito vibrantes. Estas casas eram bem pequenas, a maior delas chegando à altura da cintura de Dorothy. Havia também pequenos celeiros, com cercas de porcelana em volta deles, e muitas vacas, ovelhas, cavalos, porcos e galinhas, todos de porcelana, reunidos em grupos.

Mas o mais estranho eram as pessoas que viviam naquela excêntrica cidade. Havia ordenhadoras e pastoras trajando corpetes de cores vibrantes e com vestidos cheios de pontos dourados; e princesas com os mais belos vestidos prateados, dourados e roxos; e pastores vestidos com calças de montaria na altura dos joelhos, com listras rosas, amarelas e azuis, e com fivelas douradas em seus sapatos; e príncipes com coroas cravejadas com pedras preciosas, usando mantos de arminho e gibão de cetim; e palhaços engraçados em vestes bufantes, com marcas redondas e vermelhas em suas bochechas, e chapéus altos e pontudos. E, o mais estranho de tudo, todas aquelas pessoas eram feitas de porcelana, até mesmo as suas roupas, e eram tão pequeninas que a maior delas mal chegava à altura dos joelhos de Dorothy.

A princípio, ninguém olhou para os viajantes, com exceção de um cãozinho de porcelana roxo e cabeçudo, que foi até o muro e latiu para eles bem baixinho, e depois saiu correndo para longe de novo.

– Como faremos pra descer? – perguntou Dorothy.

A escada estava tão pesada que não conseguiam erguê-la, então o Espantalho desceu do muro primeiro e os outros pularam em cima dele, para que o chão duro não machucasse os pés. Claro que tomaram muito cuidado para não caírem bem em cima da cabeça dele e acabarem se espetando com os alfinetes. Quando haviam todos descido em segurança, levantaram o Espantalho, cujo corpo estava bem achatado, e ajeitaram a sua palha novamente.

– Precisamos atravessar este lugar para conseguirmos chegar até o outro lado – disse Dorothy –, pois seria tolice se fôssemos para qualquer outra direção que não seja o Sul.

Começaram a andar pela cidade de porcelana, e a primeira coisa que encontraram foi uma mulher de porcelana ordenhando uma vaca também de porcelana. Quando se aproximaram, a vaca deu um coice repentino e acertou o banquinho, o balde e a própria ordenhadora, e tudo caiu sobre o chão de porcelana fazendo muito barulho.

Dorothy ficou chocada ao ver que a vaca havia quebrado a própria perna, e que o balde havia se estilhaçado todo, enquanto a ordenhadora acabou ficando com um corte no cotovelo esquerdo.

– Pronto! – exclamou a mulher com raiva. –

Viram o que fizeram! A minha vaca quebrou a perna, e eu vou ter que levá-la pra oficina de conserto e mandar colar de novo. Como assim vocês chegam aqui assustando a minha vaca?

– Mil desculpas – respondeu Dorothy. – Por favor, nos perdoe.

Mas a linda ordenhadora estava muito irritada para dizer qualquer coisa. Zangada, pegou a perna e levou a vaca para longe, o pobre animal mancando com apenas as três patas. Assim que os deixou, a mulher lançou muitos olhares de reprovação por sobre o ombro para os desajeitados forasteiros, enquanto segurava o cotovelo cortado junto ao corpo.

Dorothy ficou bastante triste pelo incidente.

– Temos que ter muito cuidado aqui – disse o amável Homem de Lata –, ou então vamos acabar machucando essas pessoinhas tão bonitas que nunca conseguirão se reparar completamente.

Um pouco mais adiante, Dorothy encontrou uma jovem princesa muito bem-vestida, que parou de repente quando os avistou e depois saiu correndo.

Como Dorothy queria ver melhor a princesa, também saiu correndo atrás dela. Mas a garota de porcelana gritou:

– Não corra atrás de mim! Não corra atrás de mim!

Sua voz baixinha estava tão assustada que Dorothy parou e disse:

– Por que não?

– Porque – respondeu a princesa, também

parando, a uma distância segura – se eu correr, pode ser que eu caia e me quebre.

– Mas você não pode ser consertada? – perguntou a garota.

– Ah, sim. Mas ninguém fica tão bonito depois que é consertado, entende? – respondeu a Princesa.

– É, acho que não – disse Dorothy.

– Ali está o Sr. Hilário, um dos nossos palhaços – continuou a moça de porcelana –, que sempre tenta ficar de cabeça pra baixo. Ele já se quebrou tanto que está remendado em centenas de lugares, e não parece nem um pouco bonito. Lá vem ele agora, e aí você poderá ver com os seus próprios olhos.

E, de fato, um palhacinho alegre se aproximou deles, e Dorothy pôde ver que, apesar das roupas dele, nas cores vermelho, amarelo e verde, serem bonitas, seu corpo estava coberto de rachaduras, as quais se espalhavam por todas as direções e mostravam claramente que ele havia sido remendado em todas as partes.

O palhaço colocou as mãos nos bolsos e, depois de encher as bochechas e de acenar para eles de forma atrevida, disse:

– Minha dama bela,
Por que encaras como fera
O pobre e velho Hilário?
Tens a cara tão dura
E tão empertigada assim, jura?
Não digas o contrário!

– Fique quieto, senhor! – disse a princesa. – Não vê que estes estrangeiros estão aqui, e que deveriam ser tratados com respeito?

– Bem, isso é respeito, eu suspeito – declarou o palhaço, que imediatamente se pôs de cabeça para baixo.

– Não ligue para o Sr. Hilário – disse a princesa para Dorothy. – Ele é um doido de pedra, e por isso é tão tolo.

– Ah, eu não me incomodo nem um pouco – disse Dorothy. – Mas você é tão linda – continuou ela – que tenho certeza de que poderia gostar muito de você. Será que não posso levá-la de volta para o Kansas, e deixá-la numa prateleira da tia Em? Eu poderia carregá-la na minha cesta.

– Isso me deixaria muito infeliz – respondeu a princesa de porcelana. – Aqui na nossa cidade vivemos contentes e podemos falar e nos movimentar pra lá e pra cá como quisermos. Mas, sempre que um de nós é levado embora, as nossas articulações se endurecem de vez, e podemos apenas ficar parados e servir como enfeite. Claro que é o que se espera de nós, quando estamos nas prateleiras, nos armários e nas mesinhas de centro. No entanto, as nossas vidas são muito mais agradáveis aqui na nossa própria terra.

– Eu não a deixaria triste por nada neste mundo! – exclamou Dorothy. – Então apenas me despedirei.

– Adeus – respondeu a princesa.

Caminharam com cuidado pelo território de porcelana. Os animaizinhos e todas as pessoas se desviavam deles, temendo que os estranhos os quebrassem. Depois de mais ou menos uma hora, os viajantes chegaram à outra ponta daquele lugar e se depararam com outro muro de porcelana.

Não era tão alto quanto o primeiro, por isso, ao subirem nas costas do Leão, todos conseguiram escalar até o topo. Depois, o Leão, agachando-se e tomando impulso, saltou em direção ao muro. Entretanto, assim que pulou, acabou acertando uma igreja de porcelana com o rabo e a arrebentou em muitos cacos.

– Isso foi péssimo – disse Dorothy. – Mas, falando sério, acho que tivemos sorte em não causar mais estragos a essas pessoinhas do que quebrar a perna de uma vaca e uma igreja. São todos tão frágeis!

– Eles são, realmente – disse o Espantalho. – E sou grato por ser feito de palha, e não ser facilmente danificado. Há coisas bem piores no mundo do que ser um Espantalho.

21.
O Leão se torna o Rei dos Animais

Depois de terem descido do muro de porcelana, os viajantes acabaram parando em um território desagradável, cheio de pântanos e brejos cobertos por um matagal alto. Era difícil de andar sem cair em buracos lamacentos, pois o mato era tanto que os escondia da vista. Porém, ao tomarem cuidado com o caminho, prosseguiram em segurança até chegarem em terra firme. Mas ali o território parecia ainda mais selvagem do que nunca, e, depois de uma longa e cansativa caminhada no meio da mata, adentraram outra floresta, onde as árvores eram maiores e mais velhas do que quaisquer outras que já haviam visto.

– Esta floresta é encantadora – declarou o Leão, olhando em volta com alegria. – Eu nunca tinha visto um lugar tão lindo.

– Parece sinistra – disse o Espantalho.

– Nem um pouco – respondeu o Leão. – Eu gostaria de viver aqui por toda a minha vida. Vejam como são macias as folhas secas que estão abaixo dos seus pés e como é tão verde o musgo que cresce nestas velhas árvores. Com certeza nenhum animal selvagem poderia desejar um lar mais agradável.

– Talvez tenha animais selvagens na floresta agora – disse Dorothy.

– Creio que sim – respondeu o Leão –, mas não vejo nenhum deles por perto.

Andaram pela floresta até que ficasse muito escuro para prosseguirem. Dorothy, Totó e o Leão se deitaram para dormir, enquanto o Homem de Lata e o Espantalho ficaram de vigília como sempre.

Quando amanheceu, eles partiram novamente. Antes de terem prosseguido mais adiante, ouviram um ruído surdo, como o rosnado de muitos animais selvagens. Totó ganiu um pouco, mas nenhum dos outros estava com medo, e continuaram andando pelo caminho bem trilhado até chegarem a uma clareira na floresta, na qual estavam reunidos centenas de animais de todas as espécies. Havia tigres, elefantes, ursos, lobos, raposas e todos os outros da história natural, e, por um momento, Dorothy ficou com medo. Mas o Leão explicou que os animais estavam fazendo uma reunião, e, pelos rosnados e rugidos, julgou que eles estavam em grandes apuros.

Assim que ele falou, vários dos animais o avistaram, e no mesmo instante o grande grupo se calou como que por mágica. O maior dos tigres se aproximou do Leão e fez uma reverência, dizendo em seguida:

– Bem-vindo, ó, Rei dos Animais! Vossa Majestade veio em boa hora para lutar contra o nosso inimigo e trazer paz a todos os animais da floresta mais uma vez.

– Qual é o problema? – perguntou o Leão com calma.

– Estamos todos sendo ameaçados – respondeu o tigre –, por um inimigo feroz que chegou a esta floresta há pouco tempo. É um monstro gigantesco, semelhante a uma enorme aranha, com um corpo tão grande quanto o de um elefante e pernas tão compridas quanto um tronco de árvore. Tem oito patas longas e, quando anda pela floresta, consegue capturar um animal com apenas uma delas e o puxa para sua boca, devorando-o assim como uma aranha faz com uma mosca. Nenhum de nós está a salvo enquanto esta criatura feroz estiver viva, e convocamos uma reunião para decidir como faríamos para nos proteger até que

Vossa Majestade chegou.

O Leão pensou por um instante.

– Há outros leões nesta floresta? – perguntou ele.

– Não. Havia alguns, mas o monstro devorou todos eles. E, além disso, nenhum deles era tão grande e corajoso quanto Vossa Majestade.

– Se eu der fim ao inimigo de vocês, vocês vão me reconhecer como o Rei da Floresta e obedecerão às minhas ordens? – perguntou o Leão.

– Sim, com prazer – respondeu o tigre.

E todos os outros animais rugiram destemidos:

– Sim, Vossa Majestade!

– E onde está a grande aranha agora? – perguntou o Leão.

– Lá, entre os carvalhos – disse o tigre, apontando com a pata dianteira.

– Cuidem bem dos meus amigos – disse o Leão –, e irei imediatamente lutar contra o monstro.

Despediu-se dos companheiros e marchou orgulhosamente para lutar contra o inimigo.

A enorme aranha estava dormindo quando o Leão a encontrou. E era tão feia que o inimigo torceu o nariz com repugnância. Suas pernas eram realmente bem compridas, como o tigre havia dito, e o seu corpo estava coberto por pelos pretos e grossos. Ela tinha uma boca enorme, com uma fileira de dentes afiados medindo cerca de trinta centímetros de comprimento cada, e sua cabeça estava grudada ao corpo roliço por um pescoço fino como a cintura de uma vespa. Aquilo deu ao Leão uma ideia da melhor forma de atacar a criatura, e como sabia que seria mais fácil atacá-la enquanto ela estivesse dormindo, e não acordada, ele deu um grande salto e foi parar diretamente nas costas do monstro. Então, dando um golpe com sua pata pesada e armada com garras afiadas, arrancou fora a cabeça da aranha. Depois desceu em um salto só e ficou a observando até que as pernas compridas parassem de se mexer, quando então soube que ela estava morta.

O Leão voltou para a clareira onde os animais da floresta o esperavam e disse orgulhoso:

– Vocês não precisam mais temer o inimigo.

Os animais então fizeram uma reverência para o Leão, que agora era o Rei. Ele prometeu voltar para governá-los assim que Dorothy estivesse a salvo no caminho de volta para o Kansas.

22.

A terra dos Quadlings

Os quatro viajantes passaram pelo resto da floresta com segurança, e quando saíram das suas sombras, depararam-se com uma colina íngreme, coberta da base ao topo com grandes blocos de rochas.

– Será uma escalada difícil – disse o Espantalho –, mas precisamos passar para o outro lado da colina de qualquer maneira.

Então, ele foi na dianteira e os outros o seguiram. Haviam quase chegado à primeira rocha quando ouviram uma voz rouca gritando:

– Não se aproximem!

– Quem está aí? – perguntou o Espantalho.

Então uma cabeça surgiu de cima da rocha e a mesma voz disse:

– Esta colina pertence a nós, e não permitimos a passagem de ninguém.

– Mas precisamos passar – disse o Espantalho. – Estamos indo para a terra dos Quadlings.

– Mas vocês não podem! – respondeu a voz.

E então, de trás da rocha, saiu o homem mais estranho que os viajantes já haviam visto na vida.

Era bem baixinho e corpulento, e tinha uma cabeça grande, que era achatada no topo e se sustentava por um pescoço grosso e cheio de rugas. Mas não tinha braços, e, vendo isso, o Espantalho pensou que uma criatura tão indefesa assim não conseguiria impedi-los de escalar a colina. Então ele disse:

– Peço desculpas por não fazer o que vocês pedem, mas precisamos passar por sua colina, vocês gostando ou não – e prosseguiu resoluto.

Mas tão rápida quanto um raio, a cabeça do homem se lançou para a frente e seu pescoço se esticou até acertar em cheio o Espantalho, que rolou e rolou colina abaixo. Quase tão rápido quanto foi, a cabeça voltou para o corpo e o homem riu, dizendo:

– Não é tão fácil quanto você pensa!

Podia se ouvir um coro de gargalhadas ruidosas

vindo das outras rochas, e Dorothy viu centenas de Cabeças-de-Martelo sem braços na encosta, um atrás de cada rocha.

O Leão ficou muito zangado com aquelas gargalhadas provocadas pelo incidente com o Espantalho e, rugindo alto feito trovão, ele correu em direção à colina.

Novamente, uma boa cabeçada foi dada, e o grande Leão saiu rolando pela colina abaixo como se tivesse sido atingido por uma bola de canhão.

Dorothy correu e ajudou o Espantalho a se levantar. O Leão foi até ela, sentindo-se bastante machucado e dolorido, e disse:

– É inútil lutar contra essas pessoas. Ninguém é páreo para elas.

– O que podemos fazer então? – perguntou ela.

– Chame os Macacos Alados – sugeriu o Homem de Lata. – Você ainda tem o direito de pedir algo a eles mais uma vez.

– Muito bem – respondeu ela.

E, colocando o Chapéu Dourado, proferiu as palavras mágicas. Os Macacos, como sempre, apareceram de imediato, e em alguns instantes o bando inteiro estava diante dela.

– Quais são as suas ordens? – perguntou o Rei dos Macacos, fazendo grande reverência.

– Levem-nos até o território dos Quadlings que fica além da colina – respondeu a garota.

– Assim será feito – disse o Rei, e, imediatamente,

os Macacos Alados pegaram os quatro viajantes e Totó em seus braços e voaram para longe com eles. Conforme passavam sobre a colina, os Cabeças-de-Martelo berravam irados e dispararam as suas cabeças bem alto no ar, mas não conseguiam alcançar os Macacos Alados, que levaram Dorothy e seus companheiros em segurança e os deixaram na incrível terra dos Quadlings.

– Esta foi a última vez que você pôde nos invocar – disse o líder para Dorothy –, então adeus e boa sorte.

– Adeus, e muito obrigada – respondeu a garota.

E os Macacos elevaram-se pelos ares e, num piscar de olhos, já não podiam mais serem vistos.

A terra dos Quadlings parecia esplêndida e feliz. Havia campos e mais campos de cereais maduros, com estradas bem pavimentadas no meio, e riachos murmurantes atravessados por pontes resistentes. As cercas, casas e pontes eram todas pintadas de vermelho vivo, tal como eram pintadas de amarelo no território dos Winkies e de azul no território dos Munchkins. Os próprios Quadlings, que eram baixos e gordos, rechonchudos e bem-humorados, estavam vestidos inteiramente de vermelho, e se destacavam entre a relva e os campos de cereais amarelados.

Os Macacos os haviam deixado perto de uma

casa de fazenda, e os quatro viajantes foram até lá e bateram à porta. Quem atendeu foi a mulher do fazendeiro, e, quando Dorothy pediu comida, ela serviu a todos um bom jantar, com três tipos de bolo, quatro tipos de biscoito, e uma tigela de leite para Totó.

– A que distância fica o Castelo de Glinda? – perguntou a criança.

– Não fica muito longe – respondeu a mulher do fazendeiro. – Peguem a estrada para o Sul e vocês logo chegarão a ele.

Agradecendo à boa mulher, eles partiram novamente e caminharam pelos campos e lindas pontes até se depararem com um belo castelo. Diante dos portões, havia três moças, vestidas com lindos uniformes vermelhos enfeitados com alamares dourados. E, assim que Dorothy se aproximou, uma delas lhe perguntou:

– Por que vieram à Terra do Sul?

– Para ver a Bruxa Boa que aqui governa – respondeu ela. – Podem me levar até ela?

– Digam os nomes de vocês e irei perguntar a Glinda se ela pode recebê-los.

Disseram quem eram e a garota-soldado entrou no castelo. Depois de um tempo, voltou para comunicar que Dorothy e os outros seriam recebidos no mesmo instante.

23.

Glinda realiza o desejo de Dorothy

Antes de irem se encontrar com Glinda, porém, foram levados para um aposento do castelo, onde Dorothy lavou o rosto e se penteou, o Leão sacudiu toda a poeira da juba, o Espantalho se ajeitou batendo em suas palhas da melhor forma possível, e o Homem de Lata poliu sua lataria e pôs óleo nas articulações.

Quando estavam todos bem apresentáveis, acompanharam uma garota-soldado até um grande salão onde se encontrava a Bruxa Glinda, sentada em um trono de rubis.

Era linda e jovem. Seu cabelo era de um ruivo vivo e os cachos abundantes caíam pelos ombros. O seu vestido era branco e seus olhos, azuis, e ela olhava com doçura para a garotinha.

– O que posso fazer por você, querida? – perguntou ela.

Dorothy contou toda sua história para a Bruxa: de como o ciclone a havia trazido para a Terra de Oz, de como encontrara os companheiros, e das aventuras incríveis nas quais haviam se metido.

– Meu maior desejo agora – acrescentou ela – é voltar para o Kansas, pois a tia Em deve estar pensando que algo terrível aconteceu comigo, e aí ela vai querer se vestir de preto. E, a não ser que a colheita seja melhor este ano do que no ano passado, tenho certeza de que o tio Henry não vai conseguir pagar pelo tecido.

Glinda se inclinou e deu um beijo no rosto meigo da garotinha.

– Abençoado seja o seu coração – disse ela. – Tenho certeza de que poderei lhe dizer o caminho de volta para o Kansas. – Depois acrescentou: – Mas, para isso, você terá que me dar o Chapéu Dourado.

– É todo seu! – exclamou Dorothy. – Porque ele realmente não me serve pra mais nada agora. Mas a senhora ainda poderá fazer três pedidos aos Macacos Alados.

– E acho que precisarei dos serviços deles justamente por três vezes – respondeu Glinda, sorrindo.

Dorothy então entregou o Chapéu Dourado, e a Bruxa disse ao Espantalho:

– O que você fará depois que Dorothy nos deixar?

– Eu voltarei para a Cidade das Esmeraldas – respondeu ele –, pois Oz me fez o seu governante e o povo gosta de mim. A única coisa que me preocupa é como atravessar a colina dos Cabeças-de-Martelo.

– Usando o Chapéu Dourado eu pedirei aos Macacos Alados que levem você até os portões da Cidade das Esmeraldas – disse Glinda –, pois seria uma lástima privar o povo de um governante tão maravilhoso.

– Sou realmente maravilhoso? – perguntou o Espantalho.

– Você é excepcional – respondeu Glinda.

Voltando-se para o Homem de Lata, ela perguntou:

– E o que você vai fazer depois que Dorothy deixar esta terra para trás?

Ele se apoiou no machado e pensou por alguns instantes. Então disse:

– Os Winkies foram muito gentis comigo, e queriam que eu os governasse depois que a Bruxa Má morreu. Gosto muito dos Winkies, e, se eu pudesse voltar novamente para a Terra do Oeste, nada me agradaria mais do que governá-los para sempre.

– O meu segundo pedido aos Macacos Alados – disse Glinda – será para que levem você em segurança à terra dos Winkies. O seu cérebro pode não ser tão grande quanto o do Espantalho, mas quando você está bem polido é realmente mais brilhante do que ele, e tenho certeza de que você governará os Winkies com sabedoria e bem.

Na sequência, a Bruxa olhou para o grande e descabelado Leão e perguntou:

– Quando Dorothy tiver voltado para a casa dela, o que você vai fazer?

– Do outro lado da colina dos Cabeças-de-Martelo – respondeu ele –, há uma grande e antiga floresta, e todos os animais que lá vivem querem que eu seja o seu Rei. Se eu pudesse voltar para esta floresta, eu passaria o resto da vida muito feliz.

– Meu terceiro pedido aos Macacos Alados – disse Glinda – será para que eles levem você até a sua floresta. Depois, tendo usado os poderes do Chapéu Dourado, eu o darei para o Rei dos Macacos, para que ele e seu bando sejam livres para sempre.

O Espantalho, o Homem de Lata e o Leão agradeceram à Bruxa Boa por sua bondade, e Dorothy exclamou:

– A senhora é tão boa quanto linda! Mas ainda não me contou como faço para voltar para o Kansas.

– Os seus Sapatos Prateados vão levá-la pelo deserto – respondeu Glinda. – Se você soubesse dos poderes mágicos deles, já poderia ter reencontrado a tia Em no mesmo dia em que chegou a este lugar.

– Mas aí eu não teria conseguido o meu cérebro maravilhoso! – exclamou o Espantalho. – Eu poderia ter passado a minha vida toda no milharal do fazendeiro.

– E eu não teria o meu coração bondoso – disse o Homem de Lata. – Eu poderia ter ficado paralisado e enferrujado na floresta até o fim do mundo.

– E eu continuaria sendo um covarde pra sempre – declarou o Leão –, e nenhum animal em toda a floresta falaria coisas boas para mim.

– Isto tudo é verdade – disse Dorothy –, e estou feliz por ter sido útil para estes bons amigos. Mas agora que cada um deles conseguiu o que mais queria, e têm até um reino para governarem, acho que eu gostaria de voltar pro Kansas.

– Os Sapatos Prateados – disse a Bruxa Boa – têm poderes extraordinários. E uma das coisas mais curiosas sobre eles é que podem levá-la para qualquer lugar no mundo com apenas três passos, e cada passo é feito num piscar de olhos. Tudo o que você precisa fazer é bater os calcanhares três vezes e pedir para que os sapatos a levem para onde deseja ir.

– Se assim for – disse a criança com alegria –, pedirei a eles que me levem de volta pro Kansas agora mesmo.

Ela deu um abraço no Leão e o beijou, dando tapinhas em sua grande cabeça com carinho. Depois deu um beijo no Homem de Lata, que estava chorando e assim pondo em perigo as próprias articulações. Mas o Espantalho, em vez de beijá-lo no rosto, ela lhe deu um forte abraço e percebeu que ela mesma estava chorando por ter que partir e deixar seus amados amigos para trás.

A bondosa Glinda levantou-se do trono de rubis para dar um beijo de despedida na garotinha, e Dorothy agradeceu por toda a bondade que a bruxa havia demonstrado para com seus amigos e ela mesma.

Em seguida, Dorothy pegou Totó nos braços solenemente e, despedindo-se uma última vez, bateu os calcanhares dos sapatos três vezes, dizendo:

– Me levem para casa, para a tia Em!

Num instante, ela estava girando pelos ares com tanta rapidez que tudo o que podia ver ou sentir era o vento soprando em seus ouvidos.

Os Sapatos Prateados precisaram de apenas três passos, e depois ela parou tão bruscamente que caiu e saiu rolando na relva diversas vezes antes de saber onde estava.

Até que ela finalmente se sentou e olhou ao seu redor.

– Meu Deus! – exclamou ela.

Pois estava sentada no meio da ampla pradaria do Kansas, e bem diante dela estava a nova casa que o tio Henry havia construído depois que o ciclone havia levado embora a antiga. Tio Henry estava ordenhando as vacas no celeiro, e Totó pulou dos braços dela e foi correndo até lá, latindo extremamente animado.

Dorothy se levantou e descobriu que estava apenas de meias, pois os Sapatos Prateados haviam caído durante seu voo pelo ar, e ficaram perdidos para sempre no deserto.

24.
Em casa de novo

A tia Em havia acabado de sair da casa para regar os repolhos quando então levantou os olhos e avistou Dorothy correndo em sua direção.

– Minha sobrinha querida! – exclamou ela, abraçando a garotinha com força e lhe cobrindo o rosto de beijos. – De onde você veio?

– Da Terra de Oz – disse Dorothy, muito séria. – E aqui está o Totó também. Ah, tia Em! Estou tão feliz por estar em casa de novo!

amo ler

1ª Edição
Fonte: Century Schoolbook